# 젊은 시인에게 보내는 편지

라이너 마리아 릴케 지음 | 이동민 옮김

소담출판사

이동민

경희대 국문학과를 졸업하고 잡지사 기자를 거쳐 번역일에 종사하고 있다.
역서로『안데스의 음모』『히치콕 서스펜스 걸작선』『백정들의 미사』『세월 속에 피는 꽃』
『질투』『로스카의 딸』『어둠의 소리』『명상이란 무엇인가』등 다수가 있다.

**BESTSELLER WORLDBOOK 36**

## 젊은 시인에게 보내는 편지

펴낸날 I 1993년 3월 15일 초판 1쇄
1996년 6월 12일 중판 1쇄
2012년 1월 30일 중판 14쇄

지은이 I 라이너 마리아 릴케
옮긴이 I 이동민
펴낸이 I 이태권
펴낸곳 I (주)태일소담
서울시 성북구 성북동 178-2 (우)136-020
전화 I 745-8566~7  팩스 I 747-3238
e-mail I sodam@dreamsodam.co.kr
등록번호 I 제2-42호(1979년 11월 14일)
홈페이지 I www.dreamsodam.co.kr

ISBN 89-7381-036-7  00850

# Briefe an
# Einen Jungen Dichter

Rainer Maria Rilke

창조하는 자에게는 가난이 없으며,
그냥 지나쳐 버려도 좋을 하찮은 장소란 없습니다.
설사 당신이 감옥에 갇혀서
바깥 세상의 소리조차 전해지지 않는 경우라도,
당신에게는 여전히 어린 시절의 그 귀중하고도 풍요한
추억의 보물창고가 있지 않습니까?

# Briefe an
# Einen Jungen Dichter

머리말 8page

젊은 시인에게 보내는 편지

# 머리말

1902년 늦가을이었습니다. 저는 비엔나 근처에 있는 육군사관학교 정원의 밤나무 고목 밑에 앉아 책을 읽고 있었습니다. 책을 읽는 데 정신이 팔려서, 교수님들 가운데 유일한 민간인이신 교목(校牧) 호라체크 교수님이 제게로 가까이 오시는 것조차 몰랐습니다. 해박하고 친절한 분이었지요. 그분은 제 손에서 책을 받아 드시고 표지를 찬찬히 들여다보시다가 머리를 흔들었습니다. 「라이너 마리아 릴케의 시집이라?」 하시면서 무엇을 생각해 내려는 음성으로 물었습니다. 그리고는 여기저기 뒤적이며 몇 줄씩 훑어보다가 끝내는 생각에 잠겨 먼 곳을 바라보면서 고개를 끄덕였습니다. 「그렇게 됐군, 옛날 생도 르네 릴케가 시인이 되었군」 하고 중얼거리셨습니다.

그리하여 저는 호라체크 교수님으로부터 창백하고 몸이 가냘픈 소년, 15세에 양친 손에 끌려 성 폴텐(오스트리아의 중부 도시)에 있는 육군소년학교에 입학하게 된 그 시인의 어린 시절에 대한 이야기를 듣게 되었습니다. 훗날 장교가 되려고 했기 때문이었겠죠. 호라체크 교수님은 그 시절에도 그곳에서 교목으로 봉직하고 계셨던 관계로 옛날 제자를 아직도 생생하게 기억하고 계셨습니다.

교수님의 설명에 의하면, 그 소년은 조용하고 진지하며 능력 있는 젊은이로 늘 혼자서 지내기를 즐겼고, 기숙사의 힘든 생활도 끈기 있게 참아내어 4년 뒤에는 다른 학생들처럼 메리시 바이스키르헨에 있는 육군고등학교에 진학을 했답니다. 그러나 그곳으로 진학하자 그 소년의 체질로는 도저히 지탱할 수 없어, 양친이 자퇴를 시켜 고향 프라하에서 계속 공부를 시켰다고 합니다. 이후 그 소년의 외적인 인생 과정이 어떤 모습으로 바뀌었는지는 호라체크 교수님도 제게 들려줄 수가 없었습니다.

이런 일이 있은 후였으므로, 제가 그 순간에 저의 시작(詩作) 몇 편을 라이너 마리아 릴케님께 보내서 그분의 평을 듣고자 결심했던 것도 결코 무리는 아니었습니다. 아직 갓 스무 살도 되지 못한 제가 이제 군인으로서의 직업의 문턱을 넘어서려는 마당에, 그 직업도 저의 성격과는 매우 동떨어진 것으로 느껴지는 판국이니, 제가 만약 누군가에게서 이해를 얻고자 했다면, 『나의 축제에』란 시집을 낸 그 시인에게서 그걸 바랐던 것도 무리는 아니었습니다. 처음에는 그럴 생각이 아니었는데 어떻게 하다 보니 저는 거기에다 편지까지 동봉하게 되었습니다. 그것도 일생의 단 한 번이라고 해도 좋을 만큼 저 아닌 다른 사람에게 아무런 거리낌도 없이 저의 마음을 털어놓게 된 것입니다.

몇 주일이 지나서야 답장이 왔습니다. 푸른 봉인이 찍힌 편지에는 파리 우체국의 소인이 찍혔고 손에 들자 묵직했습니다. 겉봉은 아름다우면서도 또박또박한 필체로 씌어 있었는데, 속에 든 내용도 그와 마찬가지로 첫 줄부터 끝까지 그런 글씨였습니다. 그때부터 라이너 마리아 릴케님과의 규칙적인 편지 왕래가 시작되었습니다. 그것은 1908년까지 계속되다가 그 이후로는 차츰 뜸해지더니 그만 중단되어 버렸습니다. 시인이 따뜻하고 부드러운 마음씨로 경계한 곳으로, 유감스럽게도 생이 저를 몰고 간 까닭입니다.

그러나 중요한 것은 그런 게 아니라 여기에 펼쳐질 열 통의 편지입니다. 그것들은 라이너 마리아 릴케님이 살았고 창조했던 세계를 이해하기 위해서 중요하며, 오늘이나 미래에 성장해 가며 자신을 이루어 가는 수많은 사람들을 위해서도 중요합니다. 게다가 다시 올 수 없는 위대한 분의 이야기를 꺼낼 때는 평범한 우리들은 입을 다무는 것이 마땅합니다.

1929년 베를린에서
프란츠 크사버 카프스

# 젊은 시인에게 보내는 편지

# 젊은 시인에게

**1903년 2월 17일** 파리에서

보내 주신 편지는 며칠 전에야 받았습니다. 편지에 담겨진 그 크고 친절한 믿음에 감사 이상의 다른 말을 할 수가 없군요. 나는 당신의 시 안으로 들어갈 수가 없습니다. 내게는 비평적인 어떤 견해도 중요하게 여겨지지가 않기 때문입니다. 비평을 통해서는 결코 예술 작품에 가까이 갈 수가 없습니다. 어떤 식으로 비평을 하더라도 다소의 오해는 생기게 마련입니다. 모든 사물은 우리들이 믿고 싶은 것 이상으로 이해할 수도, 말로 표현할 수도 없습니다. 거의 대부분의 사건은 말로는 나타낼 수 없는 영역 속에서 일어나며, 무엇보다도 예술작품은 비판의 대상일 수 없을 뿐만 아니라 우리들의 생명과는 달리 영원하고 신비로운 것입니다.

그러나 나는 당신에게 꼭 한 가지만은 말하고 싶습니다. 당신의 시들은 비록 은밀하게 숨겨진 개성의 씨앗은 보이지만, 독자적인 양식은 지니지 못했습니다. 특히 제일 마지막의 「나의 영혼 속에서」라는 시에서 그 점을 분명하게 느낄 수가 있었습니다. 거기에서는 무엇인가 독특한 것이 언어와 운율로 나타나고 있습니다. 「레오파르디에게 부치는 헌시」라는 아름다운 시 속에도 그 위대하고 고독했던 분과의 친근감이 자라나고 있는 것 또한 사실입니다. 그럼에도 불구하고 그 시들은 그 자체로서는 독자적인 것이 없습니다. 마지막 시나 「레오파르디에게 부치는 헌시」에서도 그 점은 마찬가지입니다. 함께 넣은 편지는 당신의 시를 읽으면서 느꼈던 막연함을 이해하는 데 도움이 되었습니다.

　당신은 당신의 시가 좋으냐고 내게 묻고 있습니다. 전에 다른 사람에게도 물었겠지요. 잡지사에 보내기도 하고 다른 사람들의 시와 비교도 했을 겁니다. 어떤 편집자가 당신의 작품을 되돌려 주면 불안감을 느꼈겠지요. 충고를 해도 좋다고 했으므로 감히 말하는데, 제발 그런 일은 이제 그만두도록 하십시오. 당신은 자신의 밖을 바라보고 계십니다. 그러나 이제는 절대로 그렇게 하지 마십시오. 누구도 충고를 해주거나 당신을 도와줄 수는 없기 때문입니다. 그럴 사람은 아무도 없습니다. 단 한 가지 방법밖에는 없습니다. 자기 자신 속으로 파고들어 가십시오. 그리하여 당신에게 쓰라고 명령하는 그 근거를 캐 보십시오. 그리고 그 쓰고 싶다는 욕구가 당신의 가슴 깊숙한 곳으로부터 뿌리가 뻗어 나오고 있다면, 만일 쓰는 일을 그만둘 경우에는 차라리 죽어 버릴 수 있는지 스스로에게 물어 보십시오. 조용한 밤에 나는 정말 쓰지 않으면 안 될 것인가를 확인해 보십시오. 그리고는 마음 밑바닥에서 흘러나오는 대답에 귀를 기울이도록 하십시오. 만일 그 대답이 쓰지 않고는 죽을 수밖에 없다는, 그 진지한 의문에 대한 명확한 대답을 내릴 수 있거든, 당신은 당신의 생애를 이 필연성에 의해서 만들어 가십시오. 당신 생활의 하찮은 순간까지도 그 절박한 충동에 대한 증거가 되어야만 합니다. 그리고 자연을 가까이하십시오. 그런 다음, 보고 체험하고 사랑하고 잃게 될 것을 모방하지 말고 말로 표현하도록 노력해 보십시오.

사랑의 시는 쓰지 않도록 하십시오. 그리고 우리 주변에 흔히 있는 평범한 형태는 피하도록 하십시오. 그것들이야말로 가장 힘든 것입니다. 왜냐하면 훌륭하고 빛나는 전통으로 이어져 내려오는 것이 숱하게 많은 형편에, 독자적인 것을 나타내자면 보다 힘차고 성숙한 역량이 필요하기 때문입니다. 누구나 즐겨 택하는 일반적인 주제는 피하고 당신 자신의 평범한 생활에서 얻는 주제를 택하십시오. 당신의 슬픔과 열망, 그리고 아름다움에 대해 스쳐 지나가는 생각이나 믿음을 묘사하십시오. 그러한 모든 것이 마음에서 울려 나오도록 은근하고 겸손하게 묘사하십시오.

자신을 표현하기 위해서는 주위의 사물들, 당신 꿈의 영상(映像), 추억의 대상들을 이용하십시오. 당신의 생활이 비록 빈약하게 보일지라도 그것을 탓하지 말고 평범한 생활이 갖는 풍요로움을 끌어낼 수 있는 시인이 못 되는 자신을 탓하십시오. 창조하는 자에게는 가난이 없으며, 그냥 지나쳐 버려도 좋을 하찮은 장소란 없기 때문입니다. 설사 당신이 감옥에 갇혀서 바깥 세상의 소리조차 당신에게 전해지지 않는 경우라도, 당신에게는 여전히 어린 시절의 그 귀중하고도 풍요한 추억의 보물창고가 있지 않습니까? 그것에 관심을 기울이십시오. 지나가 버린 아득한 과거의 가라앉은 감동을 다시 캐내 보려고 노력하십시오. 그러면 당신의 개성은 더욱 굳어지고 고독은 넓어져서 어둠의 공간이 될 것입니다. 다른 사람들의 시끄러운 소음은 멀리 사라질 것입니다. 그리하여 변화된 안으로부터, 가라앉은 자기 세계로부터 시가 나오게 되면 당신은 그 시가 좋으냐고 누구에게 물어 볼 생각은 하지 않게 될 겁니다. 또한 잡지사에 보내 그 작품에 대해 관심을 갖게 하려고 애쓰지 않아도 될 것입니다. 그저 당신은 자기 작품 속에서 보물처럼 자랑스럽고도 자연스런 한 조각 생명의 목소리를 듣게 되기 때문입니다.

자기 내부로부터의 필요에 의해서 이루어진 예술 작품은 훌륭합니다. 시가 어디로부터 나왔는가에 따라 평가가 달라지기 때문입니다. 다른 판단은 있을 수 없습니다. 그러므로 내가 할 수 있는 충고는 이것이 전부입니다. 자기 자신에게 파고들어서 당신 생명의 그 깊은 근원을 느끼도록 하십시오. 그 근원으로부터 창작을 해야 할까 하는 질문에 대한 대답을 얻게 될 것입니다. 따라서 그 대답이 어떻든 그대로 받아들이십시오. 모르긴 해도 당신이 예술가의 운명을 타고났다는 사실이 밝혀질 겁니다. 그러면 그 운명을 받아들이고 외부로부터의 그 어떤 보답도 염두에 두지 말고 그 무겁고도 힘든 짐을 지고 가십시오. 창조하는 사람은 그 자신이 하나의 세계가 되어야 하며, 모든 것을 자기 자신 속에서나 그 자신과 하나가 된 자연 속에서 찾아내야만 하기 때문입니다.

그러나 당신은 자기 자신의 고독 속으로 파고든 뒤에 시인이 되겠다는 것을 포기해야만 할지도 모릅니다. 앞에서도 말했지만 시인이 될 수 없다는 것은 쓰지 않고도 살 수 있다는 것을 느끼는 것만으로도 충분하니까요. 설사 그렇게 된다고 하더라도 자기 내면으로 돌아간다는 것은 결코 헛된 것이 아닐 겁니다. 당신의 생활이 어떻게 되든 거기서부터 독자적인 길을 발견할 것이기 때문입니다. 그리고 그 길이 훌륭하고 풍요로우며 넓은 길이 되기를, 나는 말로 다할 수 없이 바라고 있습니다.

무슨 말을 더 하겠습니까? 내 생각으론 할 말은 다한 듯싶습니다. 끝으로 다시 한 번 당신에게 충고할 것이 있다면, 조용하고 진지하게 당신의 성장과 발전을 이루라는 것입니다. 가장 은밀한 시간에 당신 마음의 깊은 느낌을 통해서만 대답을 구할 수 있는 의문에 대해, 당신 바깥의 외부로부터 그 대답을 기대하지 마십시오. 그것만큼 당신의 발전을 가로막는 일은 없기 때문입니다.

당신의 편지 속에서 호라체크 교수님의 이름을 보게 되어 기쁘니다. 나는 아직도 그 고매하신 학자님에 대해 존경과 많은 세월을 두고도 변치 않는 감사한 마음을 간직하고 있습니다. 나의 이런 마음을 제발 그분께 전해 주십시오. 그분께서 아직도 나를 기억해 주시고 계신 점에 대해 뭐라 말씀드릴 수가 없습니다.

믿고 보내 주신 당신의 시들을 다시 돌려드리겠습니다. 당신이 저를 믿어 주신 너그러움과 진심에 대해 거듭 감사하면서, 낯선 사람을 믿어 준 것에 대해 정성껏 보답하려고 노력했습니다.


변함없는 관심을 갖고
라이너 마리아 릴케

## 1903년 4월 5일 이탈리아의 피사 근교 비아렛지요에서(Ⅰ)

우선 나를 용서해 주어야겠습니다. 2월 24일자의 당신의 편지에 이제야 감사를 드리게 됐으니 말입니다. 그 동안 계속 몸이 불편했습니다. 병이라고 할 정도는 아니었으나 감기에 걸린 것처럼 몸이 나른해서 아무 일도 할 수가 없었습니다. 온갖 노력을 다해도 나아지지 않기에 결국은 이곳 남쪽의 바닷가를 찾아왔습니다. 전에도 이곳에서 한 번 도움을 받은 적이 있었지요. 그런데도 아직 완쾌되지가 않아서 글쓰기가 어렵습니다. 그러니 몇 줄 되지 않는 편지지만 긴 것으로 알고 받아 주십시오.

물론 당신이 보내는 편지는 언제나 나를 기쁘게 한다는 사실을 알아야만 합니다 그러나 답장에 대해서는 기대에 어긋나게 될지도 모르니 아량을 보여 주십시오. 왜냐하면 근본적으로, 우리들은 가장 깊고도 중요한 일에 있어서 어쩔 수 없이 고독합니다. 그러므로 타인에게 충고를 하거나 도움을 주자면 많은 일들이 일어나야만 합니다. 비록 단 한 번의 운 좋은 결말을 맺기 위해서도 사물과의 완전한 어우러짐이 이루어져야 하기 때문입니다.

오늘은 두 가지만 얘기하고 싶습니다. 한 가지는 아이러니입니다. 아이러니에 정신을 잃지 않도록 하십시오. 특히 창조력이 빈약할 순간에는 더욱 그렇습니다. 그러다 창조력이 넘쳐흐를 때 삶을 이해하는 하나의 수단으로서 그 아이러니를 이용하도록 하십시오. 순수하게 사용하면 아이러니 또한 순수합니다. 그것을 부끄럽게 여겨서는 안 됩니다. 그것과 너무나 친숙해지는 것 같거나 아이러니와 지나치게 가까워지는 것이 두렵거든, 보다 크고 진지한 주제들로 눈을 돌리십시오. 그런 주제들에 비하면 아이러니야말로 보잘것없이 무력하게 될 것입니다. 사물의 밑바닥을 추구하도록 하십시오. 아이러니가 거기까지는 도달하지 못합니다. 보다 큰 것의 가장자리에라도 닿게 되거든, 거기에서 얻는 생각이 당신 존재의 필연성에서 나온 것인지를 즉시 살펴보십시오. 보다 진지한 사물의 영향을 받게 되거나 아이러니가 우연한 것일 경우에는 당신으로부터 멀어지게 될 것이며, 그것이 처음부터 당신의 것이라면 보다 쓸모 있는 도구로써 당신의 예술을 만들어 가는 데 한 가지 수단이 될 것입니다.

다음으로 오늘 얘기하고 싶은 두 번째 것은 이런 것입니다.

내가 가진 책들 중에서 무엇보다도 없어서는 안 될 것은 불과 몇 가지밖에 없습니다. 그 중에서 두 가지는 어디를 가든 언제나 지니고 다니는 것으로, 지금도 내 곁에 놓여 있습니다. 그것은 성서(聖書)와 덴마크의 위대한 작가 옌스 페터 야콥센(1847~1885, 소설가ㆍ시인)의 작품들입니다. 당신도 그의 작품들을 알고 있는지 모르겠군요. 그 책들을 구하기 쉬울 겁니다. 그 일부가 레크람판 세계 문고로 훌륭하게 번역이 되어 출판되었기 때문입니다. 야콥센의 『여섯 개의 소설』

이라는 책과 그의 장편 『닐스 리네(Niels Lyhne)』를 구해서 첫째 권의 첫 소설 「모겐스(Mogens)」부터 읽기 시작하십시오. 하나의 세계가 당신에게 스며들 것입니다. 그러면 행복과 풍요, 이루 표현할 수 없는 세계가 찾아듭니다. 잠시 동안 그 책들 속에서 살면서 그 책의 가치를 배우도록 하십시오. 그리고 그 책들을 사랑하도록 하십시오. 그러한 사랑은 수천 배로 되돌아올 것입니다. 나는 그 점을 확신하고 있습니다. 그 사랑은 당신이 인생이라는 옷감을 짜는 데 있어서 경험, 환멸, 환희라는 다른 실보다도 중요한 가닥으로 나타날 것입니다.

창조의 본질과 그 깊이나 영원에 대해 내가 누군가로부터 배웠다고 한다면 내가 알고 있는 두 분의 이름을 들어야겠군요. 한 분은 위대하고 또 위대한 시인 야콥센이며, 또 한 분은 오늘날 살아 있는 모든 예술가 중에서 가장 위대한 조각가 오귀스트 로댕입니다.

행운을 빌며
라이너 마리아 릴케

**1903년 4월 23일** 이탈리아의 피사 근교 비아렛지요에서(II)

　부활절의 편지가 나를 매우 즐겁게 했습니다. 그 편지를 통해서 당신의 여러 가지 훌륭한 점을 알게 되었고, 당신이 야콥센의 위대하고 훌륭한 예술에 대해 얘기한 태도로 보아 내가 당신의 삶과 그 삶이 지닌 많은 문제들을 야콥센의 풍요로움으로 이끌어 간 것이 잘못되지는 않았다는 것을 알게 되었기 때문입니다.

　이제는 『닐스 리네』, 그 호화롭고 찬란하며 깊이 있는 책의 세계가 당신 앞에 펼쳐질 것입니다. 그 책은 읽으면 읽을수록 인생의 은밀한 향기로부터 삶의 묵직한 열매의 풍요하고도 위대한 맛에 이르기까지 온갖 것이 그 속에 깃들여 있는 듯합니다. 거기에는 이해되지 않거나 파악되지 않는 것, 경험되지 않는 것은 아무것도 없습니다. 하늘거리는 추억의 여운 속에서 인식되지 않은 것도 없습니다. 아무리 보잘것 없는 체험이라도 중요하게 다루어졌으며, 아무리 사소한 사건이라도 운명처럼 전개되었습니다. 그 운명은 신비에 가득 찬 길고 긴 옷감과 같아서 한 올 한 올이 섬세한 손에 의해서 짜여졌으며, 수백 올의 다른 실들에 의해서 다시 연결되어 있습니다. 당신은 처음으로 그 책을 읽는다는 크나큰 행복감을 맛보게 될 것이고, 낯선 꿈속에서처럼 그 책이 주는 무한한 놀라움 속을 지나게 될 것입니다. 훗날 당신은 변함 없이 놀라운 마음으로 다시 그 책들을 읽게 될 것이며, 그때도 그

마술적인 힘이 전혀 사라지지 않고 처음 읽었을 때의 동화적인 요소도 없어지지 않을 것이라고 당신께 말할 수 있습니다.

다시 읽을수록 언제나 책의 맛을 즐기게 되고 여전히 감사할 것이며, 사물을 바라보는 눈이 보다 훌륭하고 단순하게 될 것이며, 삶에 대한 신념도 보다 깊어질 것이며, 인생은 보다 복되고 위대하게 될 것입니다. 그리고 그 후에는 마리 구르베의 운명과 동경을 그린 그 놀라운 책을 읽어야 하며, 야콥센의 서간문과 일기나 단편들도 읽어야 합니다. 그리고 끝으로 비록 번역은 서툴지만 무한한 감동으로 다가오는 그의 시도 읽어야 합니다. 그래서 나는 야콥센의 멋진 전집을 사도록 권합니다. 그 전집은 3권으로 훌륭하게 번역되어 라이프치히의 오이겐 디트리히 서점에서 출간되었는데, 권당 5 내지 6마르크 정도면 살 것입니다.

「여기에 장미꽃이 피어야」라는 시에 대한 "그 작품은 섬세함과 형식에 있어서 비교할 수 없이 훌륭한 작품입니다"라는 당신의 의견은 서문을 쓴 사람과 비교해 보더라도 나무랄 데 없이 옳습니다. 여기서 한마디한다면, 가능한 한 미학적이고 비평적인 글은 읽지 마십시오.

그런 글들은 어느 한쪽만을 편드는, 생명력이 없는 의견으로 굳어져서 무의미하게 되거나, 교활한 언어의 장난에 불과합니다. 오늘은 이 견해가 이기는가 하면 내일은 다시 뒤집혀지기 마련입니다. 예술 작품이야말로 끝없는 고독에서 나오는 것이며, 비평으로는 도저히 다가갈 수 없는 것입니다. 사랑만이 그것을 파악하고 지닐 수 있으며, 부당함에 대해 불평할 수가 있습니다. 어쨌든 당신이 자기 자신의 감정이 옳다고 믿는다면 거기에 따르면서 모든 시비나 비평이나 해설서들은 무시하십시오. 당신이 설사 지금은 틀렸더라도 당신의 내적인 삶의 성장에 따라 서서히 다른 생각으로 바뀌어 가게 될 것입니다.

당신 자신의 판단으로 독자적이고 조용하며 아무것에도 얽매이지 않고 스스로 발전하도록 놔두십시오. 그 발전은 모든 진보와 마찬가지로 마음 깊은 곳에서 우러나와야 하며 채찍질로 강요되어서는 안 됩니다. 모든 것은 안에서 잉태되었다가 태어나는 것입니다. 모든 인상과 감정의 싹이 자신의 마음속이나 어둠 속, 무의식 속 그리고 이성으로는 도저히 닿을 수 없는 불가사의 속에서 완성되도록 하고, 겸허한 마음과 끈기로 분명함이 새로이 태어날 시기를 기다리도록 하십시오. 그것이 바로 예술적으로 살아가는 길입니다. 예술을 이해하거나 직접 창작을 하는 것도 마찬가지입니다.

거기에는 시간을 잴 수 있는 것은 아무것도 없으며 10년이란 세월은 문제도 되지 않습니다. 예술가가 된다는 것은 계산을 하지도, 햇수를 세지도 않는다는 뜻입니다. 나무처럼 자라도록 하십시오. 나무는 수액(樹液)을 억지로 내지 않으며, 봄의 폭풍 속에서도 의연하게 서 있습니다. 혹시나 그 폭풍 끝에 여름이 오지 않으면 어쩌나 하는 불안감을 갖는 일도 없습니다. 여름은 오게 마련이며, 근심 걱정 없이 조용하고 침착하게 서 있는 참을성 있는 사람들에게만 여름은 찾아옵니다. 저는 그것을 괴로움을 참아가며 끈기 있게 매일 익히고 있으며, 그 괴로움에 감사하고 있습니다.

리하르트 데멜(1863~1920, 독일의 시인)의 책들에 대해서 말하자면 (덧붙이자면 그 사람에 대해서는 나도 거의 모르고 있습니다), 그의 책 속에서는 아름다운 한 페이지를 발견하고 금방 다음 페이지를 넘기기가 두렵습니다. 모든 것이 다시 엉망으로 변해 훌륭한 것을 보잘 것없는 것으로 뒤바꿔 버리지 않을까 하고 걱정되기 때문입니다. "열정적으로 살며 시를 쓴다"라는 말로 당신은 그 사람을 아주 훌륭하게 특징지었습니다. 사실 예술적인 체험은 성적 체험(性的體驗)과 믿기지 않을 정도로 너무나 비슷하고 성적 체험이 가진 외로움이나 괴로움과도 밀접한 관련을 맺고 있어서 두 가지 현상은 외형은 다르나 동경과 지복(至福)과 같은 형태입니다. 열정이란 말 대신 교회적인 의심으로 오해받지 않는 포괄적이고 순수한 성이란 말을 쓸 수 있다면, 그의 예술은 대단히 위대하며 무한히 중요합니다. 그 사람의 창작력은 무한히 크고 원초적인 힘처럼 세차며, 그가 지닌 독자적인 시적 능력은 산에서 울려 나오듯 그 사람으로부터 나오고 있습니다.
　그러나 그의 이런 힘이 반드시 옳거나 허세가 없는 것은 아닙니다. 바로 그런 점이 창작가에게 가해지는 가장 힘든 시련이지요. 창작가는 언제나 자기의 가장 훌륭한 덕성조차 느끼거나 의식하지 않아야

24

합니다. 그가 가진 자연스러움과 독자적인 것을 빼앗기지 않으려면 말입니다. 그렇지 않으면 그의 존재가 성적인 것에 이르러도, 그 힘은 지극히 순수한 인간을 거기서 찾지 못하게 됩니다. 거기에는 완벽하게 성숙하고 순수한 성의 세계란 없습니다. 있다면 오직 비정하고 남성적인 것뿐이지요. 성욕이란 도취이고 격정이며 낡은 편견과 불손으로 짓눌린 것으로, 사랑을 일그러뜨리고 망가뜨리는 것입니다. 그는 인간으로서가 아니라 오직 남자로서만 사랑하기 때문에 그의 정감 속에는 무엇인가 편협한 것, 야만적으로 보이는 것, 혐오스러운 것, 일시적인 것 등이 있어서 그의 예술의 품위를 깎아 내리며 애매모호하고 의심스러운 것으로 만들어 버립니다.

데멜의 예술은 결코 완전무결하다고 할 수는 없습니다. 그것은 시간과 정열에 얽매여 있어서, 그의 예술 중에서 영원한 것은 거의 없습니다. 하기야 모든 예술 작품이 그렇지만. 그럼에도 불구하고 그속에 숨은 위대한 것을 한없이 즐길 수는 있을 것입니다. 단지 거기에 빠지거나 데멜의 단순한 추종자가 되지 않으면 말입니다. 그 세계는 끝없이 불안스럽고, 간통과 혼란으로 가득 차서 진정한 운명과는 거리가 멀기 때문입니다. 진정한 운명이란, 비록 일시적인 슬픔보다는 훨씬 괴로운 것이긴 하지만 보다 위대한 것에 도달할 기회와 영원으로 가는 용기를 주는 것입니다.

끝으로 나의 책에 대한 것인데, 나로서는 당신이 기뻐하시도록 전부 보내 드리고 싶습니다. 그러나 유감스럽게도 나는 가난한 사람이며 그 책들은 출판과 동시에 이미 내 것이 아닙니다. 나 자신조차 그 것을 살 수가 없습니다. 그래서 마음은 간절하나 나의 책에 대해 호 의를 베풀어주시는 분들에게 골고루 드릴 수가 없습니다.

그런 사정으로 당신에게도 나의 최신작의 제목과 출판사명을 적어 드리는 도리밖에 없습니다. 기회가 닿는 대로 직접 구입하셔야겠습 니다. 최신작들은 모두 합해서 12~13권이 출판되었습니다.

나의 책들을 읽어 주신다면 고맙겠습니다.

안녕히 계십시오.

라이너 마리아 릴케

**1903년 7월 16일 브레멘 근교 보릅스베데에서**

10여 일 전쯤에 나는 병들고 지쳐서 파리를 떠나 북쪽의 광활한 평야로 달려왔습니다. 평야의 드넓은 하늘과 고요함이 나를 다시 건강하게 해줄지도 모른다는 기대에서였습니다. 그러나 곧 오랜 장마가 계속되더니 오늘에야 비로소 불안한 바람이 불어대는 평야 위로 하늘이 약간 개기 시작했습니다. 이 맑은 순간을 틈타서 당신께 안부편지를 쓰려고 합니다.

친애하는 카프스 씨, 나는 당신의 편지에 오랫동안 답장을 하지 못했습니다. 그러나 내가 그것을 잊었던 것은 결코 아닙니다. 오히려 그 반대입니다. 당신의 편지는 다른 편지 틈에서 눈에 띄면 다시 한 번 읽게 되는 편지였습니다. 나는 편지 속에서 당신을 더욱 가까이 느낄 수가 있습니다. 당신도 5월 2일자의 편지를 틀림없이 기억하고 계실 겁니다. 지금처럼 멀리 떨어져 쓸쓸한 고요 속에서 그것을 읽으면, 삶에 대한 당신의 아름다운 배려가 파리에서보다 훨씬 더 나를 감동시킵니다. 파리에서는 사물들을 뒤흔드는 요란한 소음 때문에 모든 것이 달라지는 곳입니다. 그러나 이곳은 드넓은 평야가 나를 둘러싸고 있으며, 바다로부터 불어오는 바람이 있어서 전혀 느낌이 다릅니다.

마음 밑바닥에 자기만의 생명을 지니고 있는 당신의 느낌이나 의문에 대해서는 그 누구도 대답을 줄 수가 없을 것 같습니다. 아무리 훌륭한 사람일지라도 말로 나타낼 수 없는 것을 설명할 때는 언어의 오류에 빠지기 쉽기 때문입니다. 그러나 당신이 현재 내가 편안함을 얻고 있는 사물들과 비슷한 사물들에 의지한다면 언젠가 해결할 수 있을 것으로 믿습니다. 다시 말해서 당신이 소박한 자연에 의지하여, 눈에 보이지 않을 만큼 작은 것이긴 하지만 순식간에 커다랗게 될 수도 있는 그런 작은 사물들에게 사랑을 갖고, 단순한 봉사자로서 신뢰를 얻도록 애쓰십시오. 그러면 모든 것이 보다 쉬워지고 자연과 하나됨을 얻게 될 것입니다. 비록 사물에 대한 이해가 불가능하더라도 당신의 깊은 내면의 의식과 깨어나는 인식 속에서는 그렇게 될 것입니다.

무엇보다도 당신은 아직 젊으며 모든 것이 지금 시작되려 하고 있습니다. 내가 부탁하고 싶은 것은, 제발 당신의 마음 밑바닥에 있는 미해결의 문제를 밀폐된 방이나 낯선 말로 씌어진 책처럼 인내심을 갖고 사랑하십시오. 성급히 대답을 찾으려 하지 마십시오. 당신은 지금까지 그 대답을 갖고 살아 보지 않았으므로 아무리 해도 그 대답이 주어지지 않을 것입니다. 모든 것은 살면서 경험하는 것이 중요합니다. 지금은 그 문제 속에서 살아 보십시오. 당신은 먼 장래의 어느 순간에 그 대답 속에서 살게 될 것입니다. 그리고 당신은 행복하고 순수한 삶을 만들어 나갈 가능성을 가지고 그곳으로 스스로를 이끌어 가십시오. 무엇이든 신뢰하고 받아들이십시오. 그것은 당신의 의지나 당신의 내면의 어떤 필요로부터 나올 때만 스스로 참아낼 것이므로 결코 미워하지 마십시오. 성(性)이란 과제는 어려운 것이지만, 우리로서는 어쩔 수 없는 괴로움입니다. 진지한 것은 모두 어려우며 또 모든 것은 진지합니다. 당신이 만일 당신의 본성과 태도로써 그 점을 인식한다면, 당신의 경험과 소년 시절의 힘으로써 인습과 관습에 물들지 않고 성과의 완전하고 독자적인 관계를 자신 속에서 얻게 될 것입니다. 그리고 당신은 자격지심이나 타락 때문에 가장 고귀한 소유물인 성에 대해 겁낼 필요가 없습니다.

육체적인 쾌락은 관능적인 체험이며 순수한 느낌이고 아름다운 열매를 맛보는 것과 같은 순수한 감정, 바로 그것입니다. 그것은 우리에게 부여된 크나큰 경험이며 세계를 아는 인식이고 모든 지식의 충만함과 빛입니다. 우리가 그것을 받아들인다는 것이 나쁜 게 아니라, 사람들이 그 경험을 잘못 이용하고 낭비하며 가장 고귀한 곳으로 이르는 수단으로 쓰지 않고 그 경험을 단순한 마음 상태나 자극으로써 삶의 지친 자리를 메우려는 것이 나쁜 것입니다. 인간들은 먹는 일조차 이상하게 만들어 버렸습니다. 어떤 사람은 모자라는데 다른 사람에게는 남아돌아, 먹는다는 욕구의 솔직성마저 흐리게 했습니다. 그것과 마찬가지로 삶을 새롭게 해주는 심오하고 단순한 욕구들이 모두 흐려졌습니다. 그러나 사람은 자기 자신을 위해서 그것들을 깨끗하게 할 수도, 분명하게 할 수도 있습니다. 타인에게 지나치게 의존하는 사람은 불가능하겠지만 고독한 사람은 가능합니다. 고독한 사람은 동물이나 식물의 아름다움이 사랑과 동경의 은밀하고도 지속적인 형태라는 사실을 압니다. 그런 사람은 식물을 보듯 동물을 볼 수가 있습니다. 동물들은 참을성 있게 기다리며 즐겁게 두 몸이 하나가 되어 번식하고 성장하는데, 그것은 단순한 육체적 쾌락이나 고통이 아니라 의지나 저항보다도 더 힘찬 필연성에 몸을 맡기기 때문입니다.

우리 인간이 아주 작은 사물에 이르기까지 대지에 넘쳐흐르는 이 신비를 겸허하게 받아들여 가볍게 느낄 게 아니라 보다 진지하고 어렵게 느끼며 보다 엄숙하게 참아 나가면 얼마나 좋겠습니까? 정신적이든 육체적이든 인간이 하나뿐인 자기의 생식 능력에 대해 보다 경건한 자세를 가져 주면 얼마나 좋겠습니까? 사실 정신적인 창조란 육체에서 비롯되고 본질적으로 육체적인 창조와 같은 것이며, 더욱 은밀하고 황홀하며 영원한 육체적인 쾌락의 반복에 지나지 않습니다. 창조자로서 생산하고 무엇을 만든다는 것은, 이 세계에서 얻어지는 영원하고도 큰 확증과 현실화가 없이는 불가능합니다.

그것은 사실 사물이나 동물들에 비하면 아무것도 아닙니다. 그리고 그런 즐거움은 그것이 수백만의 생산과 잉태에 대한 태어날 때부터의 추억으로 가득 찼기 때문에 보다 아름답고 풍성한 것입니다. 한 사람의 창조자의 사상 속에는 잊혀져 버린 수천 날의 사랑의 밤이 살아 있으며, 고귀함과 존엄성으로 가득 차 있습니다. 사랑의 밤에 서로 만나서 어울리는 사람들은 흔들리는 쾌락 속에서 하나의 진지한 작업을 하는 것이며, 언젠가 나타나 말할 수 없는 환희를 노래 부를 미래의 시인을 위해 힘과 깊이와 달콤함을 쌓아가면서 미래를 불러오는 겁니다. 그들이 설사 잘못을 저지르고 맹목적으로 포옹하더라도 미래는 오게 마련이며 새로운 인간이 태어납니다.

저절로 이루어진 것처럼 보이는 우연의 밑바닥에도 법칙은 눈을 뜨고 있습니다. 그런 법칙에 따라서 저항력이 강하고 힘센 정자(精子)는 그걸 받아들일 준비를 갖추고 있는 난자(卵子) 속으로 밀고 들어갑니다. 당신은 피상적인 데 속지 마십시오. 아무리 피상적인 것이라도 모든 법칙은 생겨납니다. 많은 사람들이 그 신비를 잘못 체험하며 어리석은 사람들은 스스로 그 신비를 잃어버리고 봉함 편지처럼 내용도 모르는 채 남에게 넘겨주게 됩니다. 그러니 이름의 다양성과 사건의 복잡성에 현혹되지 마십시오. 모든 것 위에는 모두가 동경하는 모성(母性)이라는 것이 있습니다. 당신이 적절하게 표현한 대로 처녀의 아름다움은 아직 아무것도 이루지 않은 존재의 아름다움으로 동경하고 준비하고 불안을 느끼며 예감하는 모성이고, 어머니의 아름다움은 봉사하는 모성이며, 할머니의 마음속에는 그 모성에의 위대한 추억이 간직되어 있습니다.

남성에게도 모성이라는 것이 있는데 육체적·정신적 이 두 가지 모성이 있다고 여겨집니다. 남성이 하는 생산은 일종의 잉태이며, 그의 창작이 그의 내심의 충만함에서 비롯된다면 그것 역시 출산인 것입니다. 양성(兩性)은 우리가 생각하는 이상으로 서로 가까운 것이며, 세계의 위대한 변화도 남녀가 대립적인 존재로서 서로 상대방을 찾는 게 아니라, 그릇된 감정과 혐오감에서 해방되어 오누이와 이웃으로서 그리고 인간으로서 결합되어 그들에게 주어진 그 어려운 성을 소박하고 진지하며 참을성 있게 함께 짊어지고 나갈 때 비로소 성립될 듯싶습니다.

미래에는 많은 사람들에게도 가능하게 될지 모를 모든 것을 고독한 사람은 일찍부터 준비하여 실수가 없는 손으로 세워 나갈 수가 있습니다. 그러므로 당신은 당신의 고독을 사랑하고 당신께 부딪쳐 오는 고통을 아름다운 음조로 참고 견디십시오. 당신 말에 의하면 가깝던 사람들이 멀어져 간다고 했는데, 그것은 당신의 주위가 넓어지기 시작했다는 증거입니다. 당신의 이웃이 멀어진다면 당신의 영역은 이미 별자리에까지 이르도록 넓어지고 커진 것입니다. 그러니 누구와도 함께 갈 수 없는 당신 자신의 성장을 기뻐하십시오. 그리고 뒤에 처진 사람들에게는 아량으로 대하고 그들 앞에서 확고하고 침착한 태도를 가지십시오. 당신의 회의로 그들을 괴롭히거나 그들이 이해할 수 없는 당신의 믿음이나 즐거움으로 그들을 놀라게 하지 마십시오.

당신이 설사 완전하게 달라졌다고 하더라도 필연적으로 꼭 변화해야 할 것까지는 없으며 그들과 더불어 단순하고 소박하게 서로의 공통점을 찾도록 하십시오. 그들의 다른 형태의 삶을 사랑하고, 홀로 있기를 두려워하는 나이 많은 사람들에 대해서는 관대함을 베풀며,

그 고독에 대해서는 신뢰감을 갖도록 하십시오. 언제나 어린이들과 어른들 사이에서 팽팽히 맞서 있는, 연극의 소재를 제공하지 않도록 조심하십시오. 그것은 어린이들의 힘을 소비시키며, 설사 이해는 못하더라도 따뜻하기는 한 노인들의 사랑을 빼앗아갑니다. 노인에게서 충고를 바라거나 이해해 주기를 기대하지는 마십시오. 그러나 유산처럼 당신을 위해 마련된 그 사랑 속에는 힘과 축복이 있으므로 거기서 빠져 나와서 지나치게 멀리 떨어질 필요는 없다는 사실을 믿으십시오.

당신이 어떤 직업의 문턱에 들어섰다는 것은 좋은 일입니다. 직업은 당신을 자립하도록 만들어 주며, 어떤 의미에서는 당신으로 하여금 굳건하게 서도록 해줍니다. 직업 때문에 당신의 내적인 생활이 제약을 받는다고 느낄 때까지는 우선 참고 기다리십시오. 저도 직업이란 매우 어렵고 까다로운 것으로 여기고 있습니다. 직업은 인습에 짓눌려 있기 때문에 개인적인 의견이 발붙일 여지가 없습니다. 그러나 당신의 고독은 그런 속에서도 당신이 의지하는 고향이 될 것이며, 그 고독으로 인해서 당신은 자신의 길을 발견할 것입니다. 저의 모든 소망을 즐거이 당신과 함께할 마음의 준비가 되어 있으며 저의 모든 신뢰는 항상 당신과 함께 있습니다.

라이너 마리아 릴케

## 1903년 10월 29일 로마에서(Ⅰ)

당신의 8월 29일자 편지는 플로렌스에서 받았습니다. 그때부터 두 달이나 지나서야 답장을 하게 된 것입니다. 답장이 너무나도 늦은 것을 용서하십시오. 그러나 나는 여행을 하는 중에 편지 쓰는 일을 싫어합니다. 편지를 쓰는 데는 꼭 필요한 필기구 이외에도 그 이상의 것이 필요합니다. 약간의 고요와 고독, 그리고 과히 낯설지 않은 시간입니다.

우리는 약 6주일 전에 로마에 도착했습니다. 그때까지도 로마는 텅 비어 있었고 날씨가 더운데다가 열병의 소문이 떠돌던 때였습니다. 이러한 형편에 실제적인 다른 제반 시설까지 부족하여 이곳이 고향이 아닌 우리 같은 외국인들의 불안감은 그칠 줄 몰랐습니다.

게다가 로마는 아직 그곳을 잘 모르는 사람에게는 처음 며칠 동안은 기분을 짓누르는 듯한 슬픈 인상을 준다는 사실도 감안해야 합니다. 이런 우울한 인상은 활기가 없고 우울한 박물관과 같은 분위기에 의한 것이며 파헤쳐지고 애써서 유지 보존된 과거 때문이기도 합니다. 그러나 보잘것없는 현재는 그 과거로부터 영양분을 섭취하고 있습니다.

이름도 없는 사물, 학자들과 문헌가들에 의해 지지를 받으며 평범한 이탈리아의 여행객들에 의해 변명되는 썩은 유물에 대한 모방된

34

과대평가도 그러합니다. 그런 유물들은 실제로는 우리들의 것도, 또 우리들의 것이 되어서도 안 될 다른 시대, 다른 삶의 우연한 흔적에 불과합니다.

몇 날 몇 주일이 지나고 나면 얼떨떨하지만 비로소 정신을 되찾고 자기에게로 돌아와서 혼자말로 중얼거리게 됩니다. 이곳이라고 해서 다른 곳에 비하여 특별한 아름다움이 있는 것은 아니다, 세대를 거쳐 오면서 고쳐지고 보완되어 끊임없이 감탄을 받고 있는 대상들도 아무런 의미가 없다, 그 자체는 그 어떤 마음도 가치도 없다고 말입니다.

그러나 이곳에도 아름다움은 많습니다. 어디에도 아름다움은 있는 법. 무한히 살아서 움직이는 물줄기는 고대의 물길을 거쳐 대도시로 흘러와서 숱한 광장 위에 있는 돌로 된 흰 물 받침대 위에서 춤을 추며, 넓고 커다란 수조가 넓어져서 낮에는 졸졸거리고 밤에는 그 물소리가 더욱 높아집니다. 이곳의 밤은 특히 쓸쓸해 보이며 별이 총총하고 바람이 부드럽습니다.

그리고 정원들이 있고 잊을 수 없는 골목길과 계단들도 있습니다. 미켈란젤로에 의해 고안된 계단들은 흐르는 물을 본떠 만들었기 때문에 넓게 경사를 이루고 있으며, 층계와 층계가 마치 파도에서 파도가 생겨나듯 형성되어 있습니다. 그런 인상들을 통해서 사람들은 정신이 맑아지고, 또 말 많고 지껄이기 좋아하는 사람들로부터 자신을 이겨나가면서 점차 사물들을 느끼게 됩니다. 그런 사물들 속에는 사람들이 사랑하는 영혼이 숨쉬고 있으며 소리 없는 고독이 서려 있습니다.

나는 로마 예술이 우리에게 남겨준 것 중 가장 아름다운 아우렐리우스의 기사상(騎士像)이 있는 곳에서 과히 멀지 않은 도시의 언덕 위에 살고 있습니다. 그러나 몇 주일 내에 조용하고 아담한 방으로 이사를 할 것입니다. 커다란 공원의 깊숙한 곳에 자리를 잡고 있어서 도시의 소음과 우연으로부터 숨겨진 다락방이지요. 거기서 겨울 내내 지내면서 절대적인 고요를 즐기고, 멋지고 활동적인 시간의 선물을 기대하게 될 것입니다.

그곳이라면 집에 있는 것처럼 편안할 것입니다. 그렇게 되면 당신에게 보다 긴 편지를 쓰게 될 것이며, 보내 준 사연에 대해서도 말할 수 있게 될 것입니다. 오늘은 우선 한 가지만 말하겠습니다. 벌써 오래 전에 드렸어야 하는 건데, 보내 주신 편지에서 알려주신 책(당신의 작품이 실려 있다고 하는)을 아직 받아 보지 못했습니다. 그쪽으로 반송이 되었는지 모르겠군요. 혹 보롭스베데로부터라도 말입니다 (소포는 외국으로 반송이 되지 않지요). 그럴 가능성이 가장 높은데, 정말 그렇게 되었으면 합니다. 바라건대 분실이나 되지 않았으면 좋겠습니다. 이탈리아의 우편 사정으론 유감스럽게도 그런 일이 흔하니까요.

그 책이 왔더라면 보내 주신 다른 것과 마찬가지로 기쁘게 받았을 것입니다. 그리고 최근에 지은 시들도 보내 주신다면 언제나 읽고 또

36

읽어서 내가 할 수 있는 데까지 마음으로부터 그것을 이해하도록 노력하겠습니다.

희망의 인사를 보내며

라이너 마리아 릴케

**1903년 12월 23일 로마에서 (II)**

친애하는 카프스 씨, 당신에게 위로의 말부터 전해야겠군요. 성탄절이 되어 그 축제의 기분 속에 빠지고 보면, 당신의 고독은 어느 때보다도 더욱 참기 어려운 것이 되겠으니 말입니다. 그러나 그 고독이 크다는 것을 느꼈다면 그 사실을 기뻐하십시오. 이렇게 자문해 보십시오. 위대함을 지니지 않은 고독이란 대체 무엇인가. 고독이란 단 하나뿐이며 그것은 크고도 참기 어려운 것입니다. 그리고 누구에게나 그런 시간들이 오게 마련입니다. 비록 부질없고 값싼 어울림이지만 고독을 그것과 바꾸고 싶은 때도 있고, 형편없고 보잘것없는 사람이라도 좋으니 겉치레만으로라도 그들과 조금이나마 고독을 나누고 싶을 때가 있는 법입니다. 그러나 바로 그런 시간들이 바로 고독이 자라나는 때일지도 모릅니다. 고독이 자라나는 것은 소년이 성장하듯 고통스러우며 봄이 시작되듯 슬프기 때문입니다.

그러나 착각하지 마십시오. 반드시 있어야 될 것은 이것 하나뿐입니다. 고독, 크고도 내적인 그 고독뿐입니다. 자기 자신 속으로 파고들어가 아무와도 만나지 않는 것, 그런 것에 이를 수 있어야 합니다. 어린 시절처럼 고독하십시오. 어른들이 우왕좌왕하며 아이들 눈에는 중요하고 크게 보이는 사물을 무심코 지나쳤을 때, 아이들은 얼마나 고독을 느끼겠습니까? 어른들은 바빠 보이기만 하고 아이들은 그들의 행동을 도저히 이해할 수 없었기 때문입니다.

그러다가 어느 날, 그들의 사업은 보잘것없으며 그들의 직업은 돌처럼 딱딱해서 생명력이 없다는 것을 알게 됩니다. 그런데도 무엇 때문에 어린아이가 가진 자기 세계의 깊이로부터 나와, 그 자체가 일이며 직위이며 직업인 자신의 고독의 넓이로부터 빠져 나오려 할까요? 무엇 때문에 그것을 자기와는 상관없는 낯선 것으로 보지 않을까요? 무엇 때문에 어린아이의 현명한 무관심을 반항이나 경멸로 바꾸려고 할까요? 무관심이라는 것은 그 자체가 고독이지만 반항이나 경멸은 이미 관여가 아닙니까? 비록 어떤 수단을 써서 그 관심으로부터 멀어져 보려고 해도 어쩔 수 없는데도 말입니다. 당신은 자신 속에 지니고 있는 세계를 생각해 보고 그 생각을 원하는 대로 받아들이십시오. 그것이 어린 시절에 대한 추억이든 미래에 대한 동경이든 상관없습니다. 단지 당신의 내부에서 일어나는 일에 대해 관심을 기울이고 그것을 주변에서 볼 수 있는 모든 것 위에 놓으십시오. 당신의 내부에서 일어난 일이야말로 당신이 혼신의 애정을 바칠 만한 가치가 있습니다. 어찌 되었건 당신은 그것을 열심히 추구해야 하며 당신의 지위를 타인에게 확신시키려고 쓸데없이 많은 시간과 힘을 낭비하지 마십시오. 당신이 그런 지위를 갖고 있다고 누가 당신에게 좋은 말이라도 해주겠습니까?

당신의 직업이 어려운 것이고 당신 자신에 대해서 까다롭다는 것을 나는 알고 있었습니다. 그리고 그런 한탄을 예견했고, 조만간 당신이 그런 한탄을 하시리라는 것도 나는 알고 있었습니다. 그리고 마침내 그 말이 나왔지만 별달리 드릴 위안의 말이 없군요. 드릴 말이 있다면, 어떤 직업이든 자신에게는 까다롭고 불만스러운 것이 아닌가 하고 깊이 생각해 보십시오. 우리들 개개인은 직업에 대해 투덜거리며 힘없는 의무를 찾아내는 사람들의 증오감을 흠씬 뒤집어쓰는 것이 아닐까요. 당신이 지금부터 지켜 나가야 할 직위는, 인습과 편견과 오류에 짓눌려 있다는 점에선 오히려 다른 직위보다는 나은 것입니다. 설사 보다 큰 자유를 누릴 수 있는 직위가 위대한 사물들과 관계를 맺고 있더라도, 그 자체의 내부가 크고 넓어서 진정한 삶을 가능하게 하는 직위란 없습니다. 고독한 개인만이 사물과 같이 심오한 법칙 밑에 놓여 있습니다. 어떤 사람이 밝아 오는 아침에 밖으로 나가거나 사건으로 가득 찬 어둠 속을 바라볼 때, 그리고 거기서 어떤 일이 일어나는지를 느낄 때, 모든 직위는 죽은 자로부터 떨어져 나가듯 그로부터 떨어져 나갑니다.

카프스 씨, 지금 장교로서 경험하는 일은 당신이 어떤 직업에 종사하더라도 비슷하게 느낄 만한 것입니다. 심지어 당신이 당신의 직위에서 벗어나 사회와의 가볍고도 독자적인 접촉만을 갖고 싶어했더라도, 당신에게 덮쳐 오는 그와 같은 답답한 감정은 어쩔 수가 없었을 것입니다. 그러나 슬퍼하거나 불안해 할 이유가 없습니다. 사람들과 당신 사이에 관계가 없거든 사물에 가까워지도록 노력하십시오. 그것들은 결코 당신을 저버리지 않을 것입니다. 숱한 밤들도 여전히 그

대로며, 나무 사이와 대지 위로 불어오는 바람도 그대로입니다. 사물과 동물 가운데는 여전히 당신이 관여해도 좋을 사건으로 가득 차 있으며, 당신의 어린 시절처럼 행복하면서도 슬픔을 느끼는 아이들도 그대로 있습니다. 당신이 어린 시절을 회상해 보면 또다시 그 고독한 어린이들 사이에서 살아가게 될 것입니다. 어른들이란 아무것도 아니며 그들의 권위는 아무 가치도 없습니다.

당신이 이제 신(神)을 믿을 수가 없는 까닭에 어린 시절과 연결된 소박함과 고요를 생각하는 것이 두렵고 고통스럽다면, 당신은 진실로 신을 잃어버렸는지 스스로에게 물어 보십시오. 혹시 당신은 신을 한 번도 믿어 본 적이 없었던 것은 아닐까요? 언제 그런 적이 있었던가요? 어린이는 그 신을 지니고 있다고 믿는 건 아닙니까? 어른들도 겨우 그 무게를 견딜 정도요, 늙은이들은 그 무게에 짓눌리게 되는 신을 어린이가 어떻게 지닐 수가 있을까요? 만일 그렇다고 믿는다면, 그 신을 진실로 가졌던 사람이 조약돌을 잃어버리듯 그렇게 간단히 잃어버릴 수가 있을까요? 그렇지 않으면 그것을 가졌던 사람이 그 신으로부터 버림을 받았다고 생각하십니까? 그러나 만약 당신의 어린 시절에도 신은 없었으며 그 전에도 존재한 적이 없다는 사실을 깨닫는다면, 그리스도는 그의 동경 때문에, 마호메트는 그의 오만 때문에 실망하게 되었다는 점을 짐작하신다면, 그리고 무서운 일이지만 우리가 신에 대해 얘기하고 있는 이 순간에도 신은 없다는 사실을 느끼신다면, 당신은 도대체 무슨 권리가 있기에 한 번도 존재하지 않았던

신을 잃어버리기나 한 것처럼 과거를 동경하거나 되살리듯이 찾아 헤매입니까?

왜 당신은 그 신이 영원 앞에 서 있어서 다가올 미래에 나타날 분으로 생각하지 않습니까? 그분이야말로 최후의 열매이고, 우리는 그분의 나뭇잎들이 아닐까요? 당신의 삶을 고통스럽고 아름다운 날처럼 위대한 신이 탄생되어 가는 생명의 역사 속에서 살아가지 못하게 하는 것은 무엇입니까? 세상에 일어나는 모든 일에는 언제나 시작이 있으며, 그 시작이 아름다운 신의 시작이라고 해도 좋다는 사실을 모르십니까? 만일 신이 완전한 분이라면 그분 앞에는 저속한 것은 없어야 하지 않을까요? 모든 것을 자신 속에 포용하려면 결국 신은 제일 나중에 오는 분이어야 하지 않을까요? 우리가 열망하는 그분이 만일 과거에 이미 존재했었다면, 우리에게는 도대체 어떤 존재의 의미가 있단 말입니까?

꿀벌들이 꿀을 모으듯 우리들은 모든 것으로부터 가장 달콤한 것만을 모아서 신을 만듭니다. 보잘것없는 것이나 보이지 않는 것이라도, 그것이 사랑에서 나오기만 한다면 우리들은 그것으로부터 시작하는 것입니다. 고된 작업과 그 후에 오는 휴식, 침묵이나 고독한 기쁨, 협력자나 추종자도 없이 우리들은 우리가 경험하지도 못할 신을 만들기 시작하는 것입니다. 우리들의 조상들이 우리들을 경험하지 못했듯이 말입니다. 그러나 아득한 과거의 조상들은 우리들의 운명 위에 놓인 짐과 흐르는 피로서, 시간의 심연으로부터 솟아나는 몸짓과 소질로서 우리들의 내부에 존재하고 있습니다.

　그분, 그 아득한 분의 내부에 영원히 존재하고 싶다는 당신의 소망을 빼앗아 갈 것이 어디 있습니까?

　친애하는 카프스 씨, 신은 당신에게 이런 생의 불안을 필요로 할지도 모른다는 경건한 감정을 갖고 성탄절을 즐기십시오. 당신이 지금 처한 과도기의 나날들은, 숨돌릴 사이도 없이 그분을 위해서 일하던 어린 시절처럼, 당신 내부에 있는 모든 것이 지금 신을 위해 일하는 것인지도 모릅니다. 불쾌한 감정을 떨쳐 버리고 참으십시오. 우리들이 할 수 있는 조그만 일이나마 그분을 위해서 생명의 탄생을 돕는다고 생각하십시오. 봄이 올 때까지 대지가 봄에게 해주듯이 말입니다.

　　　　　　　　　　즐거운 기분으로 위안을 받으십시오.
　　　　　　　　　　라이너 마리아 릴케

## 1904년 5월 14일 로마에서(Ⅲ)

친애하는 카프스 씨, 당신의 지난번 편지를 받고 벌써 많은 시간이 흘러갔습니다. 나를 너무 나무라지 마십시오. 쓸데없는 일들과 병 때문에 답장을 하지 못했습니다. 사실은 좀더 안정되고 기분이 좋을 때 당신에게 답장을 하려고 했습니다. 이제는 기분이 약간 나아졌습니다. 여기서도 극성맞고 변덕스런 초봄의 환절기가 지독했었답니다. 경애하는 카프스 씨, 이제야 당신에게 안부를 드리면서, 보내 주신 편지에 대해 즐거운 마음으로 답하려 합니다.

보시다시피 나는 당신의 소네트를 베꼈습니다 그 소네트는 아름답고 소박하며, 형태에 있어서도 고요하고 단아한 것으로 여겨졌기 때문입니다. 내가 지금까지 읽었던 당신의 시 가운데서 가장 좋은 작품입니다. 이제 내 손으로 직접 적은 것을 보내드리겠습니다. 자기의 작품이 다른 사람에 의해 씌어진 것을 다시 읽는다는 것은, 아주 중요하고도 새로운 경험이 된다는 것을 알고 있기 때문입니다. 그것을 다른 사람이 쓴 시로 생각하고 읽어 보십시오. 그러면 당신은 마음 깊은 곳에서 이것이 진정 자신의 작품이라는 것을 절실히 느끼게 될 것입니다.

그 소네트와 당신의 편지를 가끔 읽는 것이 내게는 커다란 즐거움이었습니다. 그 두 가지에 대해 당신께 감사하고 있습니다.

그리고 당신 내부에 있는 어떤 것이 당신의 고독으로부터 빠져 나가려 한다고 해서 당신의 고독에 대해 당황하지는 마십시오. 만일 당신이 그런 희망을 냉철하고 침착하게 도구처럼 사용한다면 당신의 고독이 넓은 대지 위로 확산되는 데 도움이 될 것입니다. 인습이란 것 때문에 사람들은 모든 일을 안이하고 쉬운 방향으로만 해결해 왔습니다. 그러나 우리들은 어려움을 피하려 해서는 안 됩니다. 생명이 있는 것은 모두가 어려운 쪽에 의지하고 있으며, 자연 속에 있는 모든 것은 자기 방법에 따라 저항하고 자랍니다. 자기 스스로를 세우려고 어떤 저항이나 대가를 치르더라도 독자적인 것이 되려고 애쓰고 있습니다. 아는 것은 적지만 어려운 쪽에 의지해야 된다는 사실만은 틀림이 없습니다. 그런 확신은 결코 우리들을 저버리지 않을 것입니다. 고독하다는 것은 좋은 일입니다. 고독이란 어렵기 때문이죠. 그것이 어렵다는 사실만으로도 우리가 고독해야 할 충분한 이유가 되지 않을까요?

사랑한다는 것 또한 좋은 일입니다. 사랑은 어렵기 때문입니다. 인간과 인간이 서로 사랑한다는 것, 그것은 우리들에게 부과된 가장 어려운 일일지도 모릅니다. 그것은 궁극적인 마지막 시련이고 시험이며 과제입니다. 거기에 비하면 다른 일들은 준비에 지나지 않습니다. 그런 점에서 초심자인 젊은이들은 아직 사랑할 능력이 없습니다. 사랑을 배워야 하지요. 모든 노력을 기울여 고독하고 긴장하며 하늘을 향한 마음으로 그들은 사랑하는 것을 배워야 합니다. 젊은 시기는 언제나 지루하고 닫힌 기간이므로 사랑은 오랜 세월을 두고 인생의 내부까지 깊이 파고드는 고독입니다. 사랑이란 사랑하는 사람을 위해서 승화되고 심화된 홀로 됨입니다. 사랑이란 무턱대고 덤벼들며 헌신하여 다른 사람과 하나가 된다는 뜻은 아닙니다. 그도 그럴 것이, 아직 깨닫지 못한 사람과 미완성인 사람, 그리고 무원칙한 사람과의 만남이 도대체 무슨 의미가 있겠습니까? 사랑이란 자기 내부의 그 어떤 세계를 다른 사람을 위해 만들어 가는 숭고한 계기입니다. 그리고 자기 자신을 보다 넓은 세계로 이끌어 가는 용기입니다. 사랑을 하나의 의무처럼 밤낮으로 수련을 쌓아 나간다는 의미에서만 젊은이들의 사랑은 의미가 있습니다. 깊이 빠져들어 헌신하고 다른 사람과 어울린다는 것은, 아직도 힘을 저축해야 하는 젊은이들에게는 어울리지 않습니다. 그것은 인간 생활에서 지금까지 도달할 수 없었던 영원한 것입니다.

참을성이 없다는 것이 젊음의 본질이기는 하지만, 젊은이들은 사랑에 대해 오해하고 어렵게 여기기 때문에 사랑이 다가오더라도 서로 몸을 던져 버리거나 자신을 흐트러뜨립니다. 그들은 무질서와 혼란 속을 헤어나지 못합니다. 의기소침한 그 젊은이들을 어떻게 해야 되겠습니까? 사람들은 오히려 그들의 결합을 행복이라 여기고 자신들의 미래라고 부르고 있습니다. 그렇게 되면 각자는 다른 사람 때문에 자기 자신까지 잃게 되며 상대방과 또 다른 사람까지 잃게 됩니다. 그리고 가능성을 잃고 예감에 가득 찬 사물들을 붙잡지 못한 채 아무 소득도 없이 곤란함에 빠져버립니다. 그리하여 남는 것이라곤 구역질과 실망과 빈곤뿐으로, 이 위험한 과정은 공동 대피소로 피하듯 여러 가지 인습에 구조를 청할 수밖에 없습니다. 인간의 삶에서 이것처럼 많은 인습이 갖추어진 분야는 없습니다. 거기에는 여러 가지의 구명대나 보트가 있습니다. 사회적인 통념은 온갖 도피처를 만들어 내었습니다. 사회적인 통념은 애정 생활도 오락으로 간주하는 경향이 있어서, 공공연한 오락처럼 그것도 값싸고 위험이 없는 안전한 것으로 만들어 내야만 했기 때문입니다.

일반적으로 잘못 살아가는 젊은이들은, 간단하게 몸을 내던진 잘못에 대한 압박감을 느끼면서도, 그들만의 독특한 방법으로 살아가려고 합니다. 그럴 수밖에 없는 것이, 그들 내부의 자연이 이렇게 얘기해 주기 때문입니다. 무엇보다도 중요한 사랑의 문제는 어떤 결합이나 협조를 얻어서는 해결될 수 없다는 것, 즉 그 문제는 모두가 새롭고 특별해서 각자 독자적인 해답을 필요로 하는 인간의 절실한 문제라는 것을 알려 주기 때문입니다. 그렇지만 이미 함께 어울려서 경계나 구별도 없이 자기의 독자적인 것을 지니지 못하게 된 그들이 고독의 깊이로부터 출구를 발견해 낼 수가 있겠습니까?

그들은 누구나 마음에 내키지 않는 결혼 같은 인습을 피해 보려고 노력해 보지만 결국엔 그것보다는 덜 하지만 치명적이고 인습적인 해결을 하게 됩니다. 그것은 그들을 에워싸고 있는 주위의 모든 것이 인습이기 때문입니다. 일찍부터 혼탁한 결합으로 어떤 행위가 이루어지는 곳에서는, 어떤 행동이든 결국은 인습에 따른 것이기 때문입니다. 그것이 비관습적이든 일반적인 의미의 비도덕적이든, 혼란으로 이끌어 가는 어떤 관계도 결국은 인습이란 것을 지니게 되는 것입니다. 심지어 이별까지도 인습적인 발걸음일지도 모릅니다. 그것은 힘이 되지도 못하고 결과도 없는 개성적이지 못한 우연한 결심에 불과합니다.

진지한 사람은 누구나, 죽음처럼 사랑의 괴로움도 설명이나 해결, 그리고 암시조차 없다는 사실을 알고 있습니다. 열어 보지도 못하고 닫힌 채로 다음 사람에게 넘겨줘야 하는 죽음과 사랑의 두 가지 과제는 어떤 공통적인 규칙이나 약속에 의해 탐구될 수가 없습니다. 그러나 우리가 삶을 탐구해 나가는 정도에 따라 이 위대한 과제들은 보다 가까이 우리들과 접촉하게 될 것입니다. 사랑이 우리들에게 요구하는 것은 엄청나게 큰 것이며, 처음 시작하는 우리들로서는 그 요구에 대응할 수가 없습니다. 그러나 우리들은 사랑을 수련을 통해 극복해야 할 과제로 보고 참고 견디어야 합니다 인간의 가장 참된 진심을 숨기는 가벼운 유희에 스스로를 잃지 말아야 합니다. 그래야 우리의 후손들에게 미약하나마 발전과 만족을 느끼게 해줄 수가 있을 것입니다. 그것만으로도 수확이 많다고 할 수 있습니다.

이제야 우리는 개인과 다른 사람과의 관계를 편견 없이 사실대로 관찰하기에 이르렀습니다. 그리고 그런 관계로 살아가려는 우리들의 시도에는 어떠한 규범도 없다는 것을 알았습니다. 그렇지만 시간의 흐름 속에서 우리들은 주저하면서 시작하는 사람들을 도와주고 싶어 합니다.

새롭고 독특한 도전을 하려는 아가씨와 부인은 남자들의 좋은 버릇이나 나쁜 버릇을 흉내내면서 남성의 직업을 반복하는 사람이 될 것입니다. 그러다가도 여성들은 충만함과 변화를 통해 불안정한 상태가 지나가면 자기 자신을 깨끗이 하려고 합니다. 보다 직접적이며 생산적이고 신뢰로 가득 찬 삶의 여인네들은 근본적으로 남성보다 훨씬 완숙한 존재임에 틀림없습니다. 남성은 한 번도 출산의 고통으로 인한 삶의 아픔을 겪지 못했으며, 오만하고 경박하며 성급하여 자기가 사랑하고 있는 것조차 낮게 평가하지 않습니까? 만일 여성들이 외적인 신분의 변화를 겪으면서 여성이라는 인습에서 벗어날 수만 있다면, 고통과 굴욕에서 참고 견뎌 온 여인의 인간상이 밝게 드러날 것입니다. 남성들은 그 사실에 깜짝 놀라 당황하게 될 것입니다. 지금 북쪽나라들에서는 새로운 모습이 나타나고 있습니다. 언젠가는 여성이 남성의 대립적인 존재나, 경계의 대상이 아닌 삶과 존재만을 생각하는 여성적인 인간상이 될 것입니다.

이런 발전이 현재로선 오류로 가득 찬 남성들의 의지와는 대립되고 있지만, 그것을 근본적으로 개조시켜서 남성 대 여성의 관계가 아니라 인간 대 인간이란 공통의 관계를 이룩하게 될 것입니다. 사려 깊고 조용한 만남과 이별의 과정에서 훌륭하게 이룩될 이런 인간적인 사랑은, 우리들이 싸워서 얻어야 하며 고독한 두 사람이 서로 부축해 주고 인사를 나누게 될 사랑과 비슷합니다.

　어린 시절에 당신에게 있었던 그런 크나큰 사랑을 잃어버렸다고 생각하지 마십시오. 그 당시에는 오늘날 당신이 믿으며 살고 싶은 훌륭하고 위대한 소원과 의도가 아직 성숙하지 않았기 때문이라고 믿고 싶습니다. 그 사랑은 아직도 당신의 추억 속에 강하고 힘차게 머물러 있습니다. 그것이야말로 당신의 최초의 고독이었으며, 당신의 삶에 대한 최초의 진지한 작업이었기 때문입니다. 경애하는 카프스 씨, 당신의 모든 소원이 이루어지기를 바랍니다.


라이너 마리아 릴케


　소네트


　한숨과 비탄에 젖은 삶은
　파르르 떨리는 깊은 우수
　순결한 눈꽃이 꿈처럼 흩날리는
　고요와 평화의 잔치


　그러나 우리는
　의문으로 가득 찬 좁은 길과
　깊이를 알 수 없는 호숫가를

서성이다가 가야 한다

그리고 슬픔은
우리에게 가라앉는다
별이 반짝이는
희미한 여름밤의
어두운 잿빛 슬픔이

그러면 우리는
사랑을 찾아 헤매인다
뜨거운 입술로는 찾을 수 없는
기도의 노래로

프란츠 카푸스

**1904년 8월 12일** 스웨덴의 보레비 고르 프레디에서

친애하는 카프스 씨, 당신과 다시 얘기를 나누고 싶습니다. 비록 도움이 되거나 유익한 말은 드릴 수 없어도 말입니다. 이미 지난 얘기지만 당신은 여러 가지의 큰 슬픔들을 갖고 있었습니다. 그리고 그것들이 스쳐 지나간 것조차도 고통스럽고 마음이 상한다고 했습니다. 그러나 큰 슬픔들이 당신의 중심을 지나 당신이 슬퍼하고 있는 동안에 당신 내부의 많은 것을 변화시키거나, 당신의 본질이 스스로 변화를 일으킨 것은 아닐까요? 그러나 큰소리를 내어 여러 사람과 슬픔을 나누어 가지려는 것이 위험스럽고 나쁠 뿐입니다. 그것은 일시적인 치료만 받은 질병과 같아서 짧은 잠복기가 지나면서 폭발하거나 내부로 응고됨에 따라 생명을 갖게 되어 타락한 삶처럼 도저히 거기서 살아남을 수가 없습니다.

만일 우리들이 지식의 범위를 초월하여 먼 곳을 바라다보고 우리들의 예감 이상으로 조금 더 밖을 내다볼 수 있다면 보다 깊은 신뢰감을 갖고 슬픔을 견딜 수가 있을 것입니다. 슬픔이란 무엇인가 새로운 것, 알려지지 않은 것이 들어오는 순간이기 때문입니다. 그 순간 우리들의 감정은 깜짝 놀라 입을 다물고, 우리 내부에 있는 모든 것은 뒤로 물러나서 거기에 고요가 생겨나며, 아무도 모르는 새로운 것이 그 가운데서 침묵을 지키고 있습니다.

우리들의 온갖 슬픔은 긴장의 순간인데, 우리들은 그것을 오히려 마비로 느끼고 있는 것 같습니다. 우리들은 낯선 감정의 소리를 들을 수 없고 우리 집에 들어선 낯선 손님처럼 단둘이서만 있게 되기 때문입니다. 순간적으로 모든 친근한 것들과 낯익은 것들을 빼앗기기 때문이며 더 이상 버틸 수 없는 시기에 우리들이 서 있는 까닭입니다.

그러므로 슬픔 역시 지나갑니다. 우리 내부에 있는 새로운 것이나 더해진 것은 우리의 마음속으로 스며들어와서 깊숙한 심장 속으로 들어갔는가 하면 눈 깜짝할 사이에 바로 혈액 속으로 들어가 섞여 있게 됩니다. 그래서 우리들은 그것이 무엇이었는지조차 모르게 됩니다. 아무 일도 일어나지 않았다고 믿기가 쉽지만, 그래도 우리들은 손님을 맞이한 집처럼 변화를 일으켰습니다. 우리들은 그게 누구였는지, 그게 무엇이었는지조차 알아차리지 못할 것입니다. 그러나 그 것은 우리 내부를 변화시키기 위해 들어오려는 것들은 그런 방식으로 우리들 속으로 들어온다는 사실을 가르쳐 주고 있습니다. 그러므로 슬플 때는 고독하고 조심스럽게 행동하는 것이 아주 중요합니다. 왜냐하면 우리들의 미래가 우리에게로 들어오는 순간이 비록 겉으로는 전연 사건이 없어 보이지만, 미래가 생겨날 때의 시끄럽고 우연한 순간들보다는 훨씬 더 생명 가까이에 있기 때문입니다.

슬픔을 느끼는 사람은 조용하고 참을성이 있을수록 새로운 것을 보다 깊고 올바른 길로 맞아들입니다. 우리들은 그것을 훨씬 쉽게 얻을 수 있고 그것을 우리들에게 더욱 가까운 운명이 되게 할 수도 있습니다. 그것이 훨씬 뒷날에 우리들에게 일어난다고 하더라도, 우리들은 그것의 내부에서 변화되고 가까이 있다고 느끼게 될 것입니다. 그건 정말이지 필요합니다. 필요할 뿐만 아니라 점차 우리들의 발전이 그쪽을 향해야 합니다. 그리하여 우리에게 다가오는 것으로 낯선 것이 아닌 오래 전부터의 우리 것이 되게 해야 합니다.

우리들의 운동개념(運動概念)이 잘못되었더라도, 우리들이 운명이라고 부르는 것이 타인으로부터 나와서 외부로부터 우리 속으로 들어오는 것이 아니라는 점을 우리들은 서서히 인식하게 될 것입니다. 많은 사람들은 운명이 그들 내부에서 살고 있는 동안에 그것을 흡수해서 자신 속으로 변화시키지 못했기 때문에 그들은 자기로부터 무엇이 생겨나는지도 모르고 지냈습니다. 운명은 자기들에게 너무나 생소해서 그들은 당황하고 놀란 나머지, 그것은 바로 지금 이 순간에 그들 내부로 들어왔을 거라고 확신합니다. 그리하여 전에는 한 번도 그와 비슷한 것조차 본 적이 없노라고 맹세까지 합니다. 오랜 세월을 두고 태양이 지구를 도는 것으로 착각했던 것처럼 다가오는 운명의 움직임에 대해 속고 있습니다.

그러나 경애하는 카프스 씨, 미래는 굳건하게 서 있습니다. 우리들만이 끝없는 하늘 속에서 헤매고 있을 뿐입니다.

어떻게 우리들이 그것을 어렵게 여기지 않을 수가 있겠습니까?

그리고 다시 한 번 고독에 대해서 말하면, 결론적으로 인간이 선택하거나 방치해야 될 것은 아무것도 없다는 사실입니다. 우리들은 고독합니다. 단지 그렇지 않은 것처럼 위장하거나 행동할 수 있을 뿐입니다. 모든 일이 그런 법입니다. 그러나 우리들은 고독하다는 사실을 냉철하게 인식하고 혼란스럽더라도 거기서부터 시작하는 것이 훨씬 좋습니다. 친근하고 낯익은 것들을 모두 빼앗겨서 가까운 것은 아무 것도 없고 먼 것은 모든 게 무한히 멀기 때문입니다. 아무런 준비도 갖추지 못한 채, 자기 방으로부터 느닷없이 산꼭대기로 끌려 올라간 사람이 그와 비슷한 감정을 느낄지도 모릅니다. 비교할 수 없는 불안 감이나 이름도 없는 것에 몸을 맡겼다는 감정이 그 사람을 파멸시킬 지도 모릅니다.

그는 추락할 것이라고 착각하거나 허공에 내던져졌다고 믿거나 수천 개의 조각으로 산산이 찢겨졌다고 믿을지도 모릅니다. 그의 의식 상태를 회복하고 설명하기 위해서 그는 거짓말을 해야 합니다. 이리 하여 고독해지는 사람에게는 모든 거리와 척도가 달라집니다. 이런 변화는 느닷없이 일어나며, 산 정상에 오른 사람처럼 인내의 한계를 넘은 이상한 공상과 감정이 생겨납니다. 그러나 그것 역시 경험한다는 사실이 우리에겐 중요합니다. 우리들의 존재를 그것이 미치는 범위 이상으로 넓게 받아들여야 합니다. 모든 것이 말도 되지 않을 것 임에 틀림없습니다. 우리들과 만나게 되는 가장 이상하고 놀라운 것, 불가사의한 것에 대해서 용기를 갖는다는 것은 우리에게 요구되는 단 한 번의 용기입니다. 인간들이 이런 의미에서 비겁하다는 사실은 삶에 대해 무한한 해독을 끼쳤습니다.

환상적인 체험이나 '영혼의 세계', 죽음 따위와 같이 우리에게 너무도 친근한 것들이 일상적인 우리 생활로부터 쫓겨났기 때문에 쉽게 파악할 수도 있는 의미로 인해 오히려 고통을 받고 있습니다. 하물며 신에 대해서는 두말할 나위도 없습니다. 불가사의한 것에 대한 불안은 우리 개개인의 존재를 빈약하게 만들었을 뿐만 아니라, 인간과 인간의 관계도 그것으로 인하여 제한받게 되었습니다. 무한한 가능성을 지닌 물 밑으로부터 아무 일도 일어나지 않는 불모의 강변으로 끌어올려진 셈입니다. 인간 관계를 그토록 단순하고 구태의연한 사건과 사건의 맥빠진 반복으로 만든 것은 우리들의 게으름 탓만은 아닙니다. 낯설고도 보이지 않는 체험을 견딜 수 없다고 믿어 무조건 두려워하기 때문입니다. 그러나 모든 것에 대해 각오가 되어 있어 수수께끼 같은 것도 포용하는 사람은 다른 사람과의 관계에서도 무언가 살아 있는 체험을 함으로써 스스로 자신의 존재를 만끽할 것입니다. 그것은 대부분의 사람들이 크든 적든 그들 영역의 한쪽 구석이나 창가 또는 그들이 오르내리는 좁은 길만을 겨우 알고 지낸다는 분명한 사실 때문입니다. 그래서 그들은 겨우 어떤 확신을 갖게 됩니다.

에드거 앨런 포의 소설에 나오는 죄수들이, 무시무시한 감옥을 손으로 더듬으며 그들의 처지에 익숙해지려고 애쓰는 그런 위험스런 확신이 훨씬 더 인간적입니다. 그러나 우리들은 죄수도 아니고 우리 주위에는 함정이나 적이 없습니다. 우리들에게 겁을 주거나 괴로움을 주는 것은 아무것도 없습니다. 우리들은 생의 한가운데에 놓여 있어서 대개는 거기에 순응하고 있습니다. 더구나 수천 년에 걸친 적응 생활을 통해서 우리들은 이 삶과 너무나 닮아 버려서 조용히 버티기만 하면, 우리가 쓰고 있는 다행스런 보호색(保護色) 때문에 우리들을 에워싼 다른 것들과 구별될 리가 없습니다.

우리들의 세계에 대해 불신감을 가질 이유도 없습니다. 그 세계는 우리에게 적대적인 것이 아니기 때문입니다. 그 세계가 공포를 가졌다면 그건 바로 우리들의 공포이고, 심연(深淵)을 가졌다면 그건 우리들의 심연이며, 위험이 있다면 우리는 그것을 사랑해 보려고 애써야 합니다. 언제나 어려움을 택한다는 원칙에 따라 우리의 생활을 이루어 간다면, 지금까지는 낯선 것으로 보이던 것도 우리들에게 믿음을 주거나 귀중한 보물이 될 것입니다. 지상의 모든 민족의 초창기에 생겨났던 신화(神話)들을 어떻게 잊을 수가 있으며, 아슬아슬한 순간에 공주님들로 변하는 용(龍)의 전설들을 어떻게 잊을 수 있겠습니까? 모르긴 해도 우리 생활의 모든 용들은, 언젠가 우리들이 아름답고 용기 있게 보일 때를 기다리고 있는 공주들인지도 모릅니다. 깊은 심연에 도사리고 있는 무서운 것들도, 실은 오히려 우리로부터 도움을 원하는 무력한 존재인지도 모릅니다.

그러나 친애하는 카프스 씨, 당신이 지금까지 느껴보지 못한 큰 슬픔이 당신 앞에 버티고 있을지라도 놀라서는 안 됩니다. 불안이 섬광이나 어두운 구름처럼 당신의 손과 당신의 모든 것 위로 스쳐 지나가도 의연하십시오. 그리고 당신 내부에서 무엇인가 일어나고 있으며,

당신을 잊지 않고 있는 삶은 당신을 손아귀에 꽉 잡고 있어서 절대로 떨어뜨리지 않을 것을 믿으십시오. 무엇 때문에 당신은 불안이나 우수나 슬픔 따위를 당신으로부터 추방하려고 하십니까? 그런 상태가 당신에게 어떤 일을 해줄지도 모르지 않습니까? 무엇 때문에 그런 것들이 어디서 와서 어디로 가는지에 대해서 그렇게 괴로워합니까? 당신은 과도기에 처해 있으며 스스로 변화되기를 무엇보다도 열망하고 있다는 사실을 알고 있지 않습니까? 당신의 길에 놓인 병이란 것은 생명체가 이질적인 것으로부터 해방되는 과정이라고 생각하십시오. 그리하여 생명체가 제대로 병이 되도록 해야 하며, 그 병이 곪아 밖으로 터져 나오도록 노력해야 합니다. 그것이 바로 생명체를 위한 하나의 발전이기 때문입니다.

친애하는 카프스 씨, 당신 내부에서는 지금 많은 일이 벌어지고 있습니다. 당신은 병자처럼 참으시고, 회복기에 있는 환자처럼 확신을 갖도록 하십시오. 아마도 당신은 병자이지만 그 병이 나아가는 회복기의 환자일는지도 모릅니다. 더 나아가서 당신은 감시를 해야 할 의사이기도 합니다. 그러나 어떤 병이든 간에 의사도 기다려야만 하는 많은 나날이 있습니다. 기다리는 일이야말로 의사로서의 당신이 지금 무엇보다 해야 할 일입니다.

자기 자신을 지나치게 관찰하지 마십시오. 당신의 일에 대해 지나치게 성급한 결론을 내리기보다는 그냥 내버려두십시오. 그렇지 않으면 현재 당신에게 벌어지고 있는 모든 것에 관련된 당신의 과거를 질책의 눈으로 보기가 쉽습니다. 그런 일을 도덕적이라고 할 수는 있습니다.

그러나 당신의 어린 시절의 갈등과 동경이나 소원 때문에 생긴 일로 현재 당신의 내부에서 작용하고 있는 것에 대해 되씹거나 판단을 내릴 수는 없습니다. 고독하고 무력했던 어린 시절의 관계들은 너무나 어렵고 복잡해서 실생활과는 동떨어져 있기 때문에, 악덕이 그 속으로 끼어들었더라도 그것을 악덕이라는 이름을 붙여서는 안 됩니다.

그리고 이름이란 것에 대해서는 조심을 해야 합니다. 한 생명을 파멸시키는 것도 범죄라는 이름일 경우가 많지만, 그것은 생명의 어떤 필연성 때문에 쉽게 받아들여질 수도 있을지 모릅니다. 그리고 힘의 낭비가 당신에게는 중요하게 보이겠지만, 그것은 당신이 승리라는 것을 지나치게 평가하고 있기 때문입니다. 물론 당신의 감정으론 정당하겠지만, 승리란 당신이 이룩했다고 믿는 위대한 것은 아닙니다. 위대한 것은 이미 존재했던 것이며, 속임수가 아니고 무언가 절실하고 현실적인 것입니다. 이런 것이 없는 당신의 승리는 단순한 도덕적인 반응에 불과할 것이며 별다른 의미가 없을 것입니다. 그러나 승리는 벌써 당신 생활의 한 부분이 되었습니다.

친애하는 카프스 씨, 내가 그렇게도 소원으로 생각하고 있는 당신 생활의 한 단면이란 말입니다. 당신이 어린 시절부터 삶의 위대함을 얼마나 동경했었는지 회상해 보십시오. 이제 그것이 보다 더 큰 것을 동경하고 있다는 사실을 저는 알고 있습니다. 그러므로 삶은 언제나 어렵지만 성장을 멈추지 않습니다.

내가 이제 또 한마디를 한다면 이런 것입니다. 당신을 위로하려고 애쓰는 내가 즐거움을 주는 이런 단순하고 조용한 말들 속에서 아무런 고통도 없이 편하게 살고 있다고는 믿지 마십시오. 나의 삶도 고난과 슬픔을 갖고 있으며 오히려 당신보다 훨씬 뒤쳐져 있습니다. 그렇지 않다면 나는 그런 말들을 찾아내지도 못했을 것입니다.


라이너 마리아 릴케

**1904년 11월 4일 스웨덴의 후른보리 욘세레트에서**

친애하는 카프스 씨, 답장을 드리지 못하는 동안, 나는 여행도 하고 분주하기도 해서 편지를 쓸 수가 없었습니다. 오늘도 역시 편지 쓰기가 힘이 듭니다. 벌써 여러 통의 편지를 써서 손이 피로하기 때문입니다. 누가 대신 받아쓰기라도 할 수가 있다면 당신께 많은 얘기를 써 보낼 수가 있겠지만 그럴 수도 없는 사정이라 긴 편지가 아닌 몇 마디의 짧은 편지지만 그냥 받아 주십시오.

카프스 씨, 나는 가끔 당신에 대한 나의 열렬한 소망이 당신에게 어떤 도움이 돼야 할 텐데, 하고 생각해 봅니다. 나의 편지가 정말로 도움이 될 수 있는지 가끔 의심을 해보곤 합니다. 그렇다고 도움이 된다고 말하지는 말고 그냥 편지를 받아 주십시오. 고맙다는 말은 그만두십시오.

당신의 얘기에 일일이 대답한다는 것은 아무 의미가 없을지도 모릅니다. 곧잘 절망에 빠지곤 하는 당신의 성품과 삶이 조화를 이루게 하는 당신의 능력과 당신을 괴롭히는 모든 것에 대해서 내가 말할 수 있는 것은 이미 많이 했다고 생각합니다.

언제나 내가 바라는 것은 당신 내부의 인내력을 발견하여 참으며 단순한 믿음을 가져 주었으면 하는 것입니다. 견디기 어려운 고통이나 다른 사람들과의 사이에서 느끼는 당신의 고독에 대해서 더 많은 신뢰감을 지니도록 하십시오. 그리고 삶이 자기 길을 가도록 그냥 맡겨 두십시오. 제 말을 믿으십시오. 삶은 어떤 경우에도 올바른 것입니다.

감정에 대해 말하겠습니다. 당신의 모든 것을 포용해 주는 감정은 순수한 것이지만, 당신 존재의 일면만을 부여잡고 당신을 일그러뜨리는 감정이라면 불순합니다.

당신의 어린 시절 속에서 생각할 수 있는 것은 모두가 좋습니다. 지금까지 당신이 가졌던 멋진 시간을 보다 더 많이 만들어 주는 것들은 옳은 것들입니다. 그것들이 당신의 혈액 속에서 도취나 혼탁이 아니라 투명한 기쁨이라면 어떤 상승 발전으로 좋은 것입니다. 내 얘기를 이해할 수 있습니까?

당신의 절망은 길을 잘 들이면 당신의 좋은 특성이 될 수 있습니다. 절망은 지적이고도 비판적이어야 합니다. 절망이 당신에 대해 무언가를 하려고 하거든 왜 그토록 미운가를 그것에게 물어 보도록 하십시오. 절망에게 증거를 요구하고, 그것을 시험해 보십시오. 그리하면 그것은 당황하고 무력해져서 결국 억지를 부리고 있다는 사실을 깨닫게 될 겁니다. 그래도 그만두지 말고 논증을 요구하면서 조심스럽고 재빠르게 행동하십시오. 절망은 언젠가 파괴자가 아니라 당신의 가장 훌륭한 친구로 변할 날이 올 겁니다. 아마도 절망은 당신의 삶을 구축하는 데 가장 현명한 친구가 될 겁니다.

친애하는 카프스 씨, 이것이 오늘 내가 말하고자 했던 것의 전부입니다. 프라하의 독일 작품에 실렸던 나의 시를 적어, 같이 보냅니다. 거기서 나는 삶과 죽음에 대해, 그리고 그 두 가지가 모두 훌륭하고 위대한 것이란 점에 대해 말하고 있습니다.

라이너 마리아 릴케

## 1908년 성탄절 다음날에 파리에서

카프스 씨, 당신으로부터 그런 아름다운 편지를 받고 얼마나 즐거웠는지 아십니까? 내게 보내준 소식들은 현실적이고 명확해서 아주 좋다는 생각이 듭니다. 나는 그것을 생각하면 생각할수록 실제보다 더 훌륭하게 여겨집니다.

원래는 이 편지를 성탄절에 쓰려고 했으나, 이번 겨울 내내 파묻혀 지냈기 때문에 예로부터 전해 내려오는 그 축제가 왔는지도 몰랐습니다. 그래서 당장에 긴급한 일을 처리할 시간적 여유조차 없었습니다. 편지 쓸 시간 또한 없었습니다.

그러나 이 축제 기간에 나는 당신을 자주 생각하면서 당신이 텅 빈 산 속의 쓸쓸한 요새에서 얼마나 고요하게 살아가고 있는지를 상상해 보았습니다. 산 위로 남풍이 산을 송두리째 삼켜 버리려는 듯이 불어대고 있지 않습니까?

그런 소리와 움직임 속의 정적이라면 틀림없이 이루 표현할 수 없는 고요일 것입니다. 먼 바다와 원시의 소리가 함께 어울리고 있다면 당신은 참을성 있고 신뢰할 수 있게 그 큰 고독이 당신 자신에게 머물도록 내버려두라는 말을 하고 싶은 것뿐입니다. 이제는 그 고독은 결코 당신의 삶으로부터 쫓아버릴 수도 없으며, 당신이 체험하고 행하는 모든 것 속에서 숨은 영향력으로 조용하지만 결정적인 작용을 계속하게 될 것입니다. 마치 우리 내부에서 조상들의 피가 끊임없이 움직이며 우리 자신의 피와 섞여서 유일하고도 되풀이될 수 없는 것으로 어울려 가듯이 말입니다.

그렇습니다. 당신이 이 굳세고도 명확한 존재와 이름과 제복을, 그리고 직무와 파악할 수 있는 모든 것과 제약을 받고 있는 것들을 몸에 지니고 있어서 기쁩니다. 그런 것은 얼마 안 되는 고독한 병사들만 모여 있는 그런 상황에서는 진지하고 필연적인 것으로 받아들여집니다. 또 그것들은 군인 직분을 뛰어넘어 보다 주의 깊은 응용과 독립적인 관심을 갖도록 할 뿐만 아니라 바로 그렇게 되도록 길들여줍니다.

우리들에게는 무엇인가 발전이 일어나도록 하고, 위대하고 자연스런 사물과 함께하는 것이 무엇보다도 필요한 일입니다.

예술도 역시 삶의 한 방법이고, 살다 보면 자신도 모르는 사이에 그 예술에 대해 마음의 준비를 갖출 수 있게 됩니다. 현실 속에 있는 것이, 비현실적이고 반예술적인 직업에 종사하는 것보다는 훨씬 예술에 가깝습니다. 그런 직업이란 예술에 가까운 척하지만, 실제로는 모든 예술의 존재를 부정하고 공격하는 것입니다. 전체 저널리즘이나 모든 비평이 그렇듯이, 문학과 문학에 가까운 4분의 3이 모두 그러합니다.

한마디로 말해 당신은 그런 곳에 빠질 위험을 이미 극복했고 거친 현실 속에서 고독하고 용기 있게 살고 있으니 즐겁습니다. 앞으로 다

가을 한 해가 그런 의미에서 당신을 지켜 주고 힘있게 해주었으면 합
니다.


항상 함께 있는  
라이너 마리아 릴케

# 아름다운 여인들에게 보내는 편지

# 한 젊은 아가씨에게

(여기서는 베를린 출신의 여류 문인 에미 히르쉬베르크를 뜻함)

**1904년 11월 20일**

일에 파묻혀 지내다 이제야 겨우 일을 마치고 아가씨에게 몇 마디 답장을 하게 되었습니다. 불쾌했다면 용서하십시오. 아가씨는 많은 시간을 들여 아름다운 이야기를 많이 써 보냈지요.

아가씨의 이야기는 나에게 여러 가지를 알려 준 반가움이었습니다. 그것에 대해서만 말하려고 합니다. 아가씨에 대해 아는 것이 즐거웠고, 때때로 아가씨의 모습을 상상하면서 이런 소원을 말하게 된 것이 즐겁답니다. 아무쪼록 아가씨에게 삶이 열리기를 바랍니다. 문이 하나하나 열리듯이 그 속에서 당신이 삶을 신뢰할 수 있는 능력을 찾아내기를 바랍니다. 그리고 삶 가운데서도 바로 어려움을 믿도록 하십시오.

젊은이들에게 나는 언제나 이것만은 말하려 합니다. 지금까지 내가 흔들림 없이 확신하고 있는 하나는, 우리들은 언제나 어려움에 의지해야 한다는 사실입니다. 그 어려운 쪽이 바로 우리들의 몫입니다. 우리들은 삶 속으로 깊숙이 들어가서, 그 삶이 우리 것이 되고 우리의 무게가 되도록 해야 합니다.

생각해 보십시오. 당신의 어린 시절은 설명할 길 없는 여러 가지 관계 때문에 어렵지 않았던가요? 당신의 소녀 시절은 어렵지 않았던가요? 당신의 어린 시절은 길고 무거운 머리칼처럼 머리를 크나큰 슬픔의 바다에 잠기게 하지는 않았던가요? 당연히 그렇지 않을 리가 없습니다. 대부분의 사람들에게 삶이 갑자기 쉬워지고 가벼워지고 즐거워졌다면, 그것은 벌써 그들이 진지한 삶의 현실성과 독자성을 느낄 수 있는 힘을 잃었기 때문입니다. 그것은 삶의 의미로 봐서는 결코 발전이 아닙니다. 그것은 바로 삶의 모든 가능성으로부터의 결별입니다.

우리에게 요구되는 것은 어려움을 사랑하고 그것과 친해지고 배우는 것입니다. 어려움 속에는 우리를 위해 기꺼이 일해 주는 힘이 있습니다. 어려움 속에서 우리들은 친구와 행복과 꿈을 찾아야 합니다. 깊은 내면 속에서만 그들은 모습을 나타내기 때문에, 우리들은 어려움 속에서 비로소 그들이 얼마나 아름다운지를 알게 됩니다. 어려움이 갖는 어둠 속에서만 우리들의 미소는 비로소 의미를 갖게 되며 그 미소는 꿈 같은 불빛으로 빛나다가 일순간 밝아집니다. 그리하여 우리들은 우리들을 둘러싸고 있는 기적과 보물들을 보게 됩니다. 이것이 내가 충고할 수 있는 전부입니다. 그 밖에 내가 알고 있거나 모든 지식을 뛰어넘어 파악한 것은 나의 시, 당신이 그렇게도 즐겁게 읽는 시 속에 있습니다.

처녀들이나 여인들을 이해한다는 것은 나에게는 아주 자연스럽습니다. 창조하는 사람의 가장 깊은 체험은 여성적이며 받아들임으로써 태어나는 체험이기 때문입니다. 시인 욥스트휄더(1866~1900, 노르웨이의 시인)는 한 낯선 남자의 얼굴에 대해 이렇게 쓴 적이 있습니다. "마치 한 여인이 그 사람의 내부에 자리잡고 있는 것 같다" 내 생각으로는 그것이 모든 시인에게 해당되리라는 느낌이 듭니다.

당신의 편지는 플로렌스로부터 왔더군요. 그곳은 『나의 축제에』란 나의 시집에 실린 모든 시들이 태어나고 씌어진 곳이기도 합니다.

데미도프 광장 구석의 아르노가 13번지에 평평한 지붕의 집 한 채가 있습니다. 지붕 위에 있는 그 다락방이 나의 방이었습니다. 그리고 플로렌스 전체가 나의 것이었습니다. 밑으로는 플로렌스가 처녀 같은 모습으로 누워 있었습니다. 모르긴 해도 당신도 언젠가 그곳을 지나간 추억이 있을 것입니다.

당신에게 감사를 드리고 있는
라이너 마리아 릴케

**1926년 3월 17일**

　당신의 편지가 이미 한 달 전에 씌어졌는데 이제야 그것을 받게된 것은 나의 잘못만은 아닙니다. 그 편지는 파리로 갔다가 다시 내가 늘 있던 주소로 가는 동안 나의 뒤를 따라다닌 셈입니다. 사정이야 어쨌든 이제야 겨우 그 편지가 내 손에 들어왔습니다.

　나는 즐거이 나의 과거 생활에서 몇 가지를 알려 드리고 싶습니다. 나의 작품을 읽는 데 도움이 된다고 하니 말입니다. 그러나 어떤 것을 써야 할까요? 어린 시절과 여행에 대해 말해야 할지도 모르고, 여러 도시에서의 만남과 사랑에 대해 얘기해야 할지도 모르겠습니다.

　당신도 짐작하겠지만, 내가 되풀이되는 초조감과 운명적인 권태감에서도 살아갈 수 있었던 것은 단순한 여행으로서가 아니라 그 나라들의 현재와 과거를 생생하게 느끼면서 많은 영향을 받았기 때문입니다. 나는 여덟 살 때부터 이탈리아를 알고 있었고 또 그 나라를 좋아했습니다. 그 나라는 다양한 온갖 형태가 가득 찬 우화 같은 나라였습니다. 그러나 결정적인 것은 러시아였습니다. 러시아는 1899년과 1900년에 있었던 여행에서 내게 무엇과도 비교할 수 없는 세계를 열어 주었을 뿐만 아니라 그 나라가 가진 인간적인 환경은 나로 하여금 다른 사람과의 사이에서 형제애 같은 감정을 느끼도록 했습니다. 외아들인 나는 양친에게서 받은 영향 때문에, 그때까지만 해도 인간과 인간 사이의 참된 교류는 맛보지 못했었습니다. 당신도 책에서 읽었겠지만, 러시아는 나의 체험과 감수성의 기본 요소가 되었습니다. 1902년 이후로 파리가 내 창작 의지의 기초가 되었듯이 말입니다.

파리에서는 위대한 로댕의 영향 밑에서, 화가나 조각가처럼 자연을 앞에 두고 자연을 이해하며 자연을 모방하면서 창조하는 법을 배웠습니다. 로댕은 나로 하여금 값싼 감상적 감정에서 빠져 나오게 했던 것입니다. 그런 엄격한 훈련 과정에서 얻었던 최초의 체험이 바로 〈표범〉이라는 시였습니다. 1902년 이후로 나의 거주지는 파리였지만 그렇다고 해서 다른 나라에 가지 못했던 것은 아닙니다. 틈틈이 여러 달씩 이탈리아와 스칸디나비아(덴마크와 스웨덴)에 머물렀으며, 프랑스의 식민지인 알제리와 튀니지와 이집트를 알았습니다. 그러나 가장 뜻 깊은 여행은 역시 러시아와 파리의 여행입니다. 스페인도 그렇습니다. 톨레도를 지나서 1912년 겨울을 스페인에서 지냈습니다. 이런 여러 가지 체험이 최초로 묶여진 것이 『오르페우스에게 드리는 소네트』이며 가장 난해하다는 『두이노의 비가』입니다. 비가는 1912년에 시작되었으나 전쟁 때문에 오랫동안 중단되기도 했습니다.

이 짧은 편지에 더 이상의 것을 쓰지는 못할 것 같습니다. 이 편지가 비록 간단하기는 하지만 당신의 호기심을 어느 정도는 만족시켰으리라 봅니다.

라이너 마리아 릴케

# 루 안드레아스 살로메에게

**1903년 8월 8일** 브레멘 근교 오버노이란트에서

내가 처음으로 로댕을 찾아가 뫼동에 있는 그의 집에서 아침 식사를 했을 때입니다. 나는 낯모르는 사람들과 자리를 함께했습니다. 그 때 나는 알았습니다. 그가 살고 있는 집은 그분에게는 너무나 어울리지 않는다는 사실을 말입니다. 그건 집이라기보다 겨우 비나 이슬을 피할 수 있는 초라한 헛간이었습니다. 그런데도 그분은 집에 대해 아무런 근심 걱정도 하지 않고 지냈으며 고독과 정신 집중에도 하등의 지장이 없었습니다. 그분은 가슴속에다 집이 갖는 아늑함과 고요함을 깊이 간직하고 계셨으며, 오히려 그것을 뛰어넘어서 그분 자신이 바로 하늘이었고 주위의 숲을 끊임없이 흐르는 강물이 되어 있었습니다.

오! 그 노인은 얼마나 고독한 분입니까! 노인은 완전히 자신 속에 가라앉아, 가을날의 고목처럼 서 계셨습니다. 그분은 자기의 가슴에다 깊고도 깊은 고독을 가지고 계십니다. 그분 심장의 고동 소리는 먼 산맥의 중심부에서 들려 오는 듯합니다.

그분의 상상 속을 거닐면 장중함과 감미로움이 넘치고 결코 피상적으로 흘러가지 않습니다. 그분은 이제 사소한 일에 대해서는 무디고 딱딱해져서 늙은 껍질로 둘러싸인 듯이 사람들 속에 의연하게 서 계십니다. 그러나 중요한 것에 대해서는 자신을 활짝 열어 젖히고, 사물과 동물과 인간들이 마치 그분의 것인 듯, 그분을 조용히 두드려 오면 언제나 그분은 마음을 열어 놓으십니다. 그분이 바로 아름다움을 배우는 분이고, 모든 것을 올바로 보는 분입니다.

아름다움이란 잠자는 사람들에게는 언제나 그냥 스쳐 지나갑니다. 방심하거나 의식이 없는 사람들도 마찬가지입니다. 하지만 그분은 아무것도 놓치지 않는 주의력이 깊은 사람이며, 항상 받아들이고 사랑하며, 시간을 셈하거나 다음 것을 바랄 생각은 하지 않는 인내심이 강한 분입니다. 그에게는 언제나 그가 바라보는 것과 그 바라보는 것으로 인해 생기는 주위의 현상들이 있을 뿐이며, 그것이 바로 모든 것이 이루어지고 있는 세계입니다.

만일 그분이 손 하나를 조각하면 그 손만이 공간 속에 존재할 뿐이며 그 손 외에는 아무것도 없습니다. 하나님은 6일 동안에 손 하나만을 만드셨고, 그 손 주위에다 물을 부었으며 거기다 하늘을 두르셨습니다. 그리고 그런 일이 모두 끝나자 그 위에서 쉬셨습니다. 그것이 영광이었고 하나의 손이었습니다.

그런 식으로 바라보며 살아간다는 것은, 그분이 바로 일꾼으로서 그것을 얻었기에 확고하게 된 것입니다. 그분이 자기 예술의 비물질적이면서도 소박한 요소를 얻었을 때, 공정성이나 어떤 명목으로도 동요되지 않는 이 세계에 대한 균형을 찾았던 것입니다. 그분에게는 모든 것 안에서 사물의 본질을 볼 수 있는 능력이 있었기 때문에 사물을 만들 가능성을 얻었던 것입니다. 그것이 바로 그분의 위대한 예술의 본질입니다.

이제 어떤 움직임도 그를 혼란시키지 못합니다. 그분은 고요한 평면의 굴곡에도 움직임이 있다는 사실을 알고 있기 때문에 평면만을 보면서도 정확하고 분명한 평면의 체계를 알고 있습니다. 그의 앞에 있는 어떤 사물도 불확실한 것은 없습니다. 공간에는 수천의 작은 요소들이 배열되어 있어서, 그분이 예술 작품을 창조할 때는 그 사물들을 보다 진지하고 확고하게 수천 배 넓은 공간에 배열하여 어떤 사람이 잡아 흔들어도 아무런 동요가 없도록 하는 것이 그분의 사명입니다. 사물은 규정되어 있지만 예술작품은 보다 확고하게 규정하여 모든 우연과 불투명에서 벗어나서 시간을 초월한 공간에 배열하고 영원에 닿도록 해야 합니다. 모델은 겉모습뿐이지만 예술 작품은 존재하는 것입니다. 따라서 예술 작품은 모델을 초월한 발전이며, 자연의 모든 것으로부터 솟아나서 존재하려는 소망의 조용하고 끈질긴 실현입니다.

그렇게 되어 예술을 자기 멋과 허영에 찬 작업으로 취급하려는 잘 못이 사라집니다. 예술이야말로 가장 겸손한 봉사이며 완전히 법칙에 의해 운영되는 것입니다. 그러나 모든 창조자와 예술들은 잘못으로 가득 차 있어서 가장 영향력 있는 자가 그 잘못에 분연히 대항해서 일어서야 합니다. 창조하는 사람은 말을 하기보다는 사물에 대해 일을 해야 합니다.

그분의 예술은 처음부터 현실화였습니다. 그러나 일상 생활은 가볍게 흘러가 버리는 모습으로 변해서 오히려 더욱 비현실화하는 음악의 경우와는 정반대였습니다. 가난하고 천한 가정에서 태어났던 로댕, 그분은 어느 누구보다도 잘 알고 있었습니다. 인간과 동물과 사물이 지닌 모든 아름다움은 시간에 의해 위협받고 있다는 사실을 말입니다. 이는 시간은 순간이며, 젊음이란 왔다가 사라지는 것이라는 의미입니다.

그분을 불안하게 한 것은 그가 필연적으로 훌륭하게 여기는 것들의 외형이었습니다. 즉, 아름다운 외형이었습니다. 그분은 아름다움이 존재하기를 바랐으며, 사물들을(사물들은 영원하기 때문에) 조용하고 영원한 세계 속에다 배열하는 것을 자기의 사명으로 여겼습니다. 그리고 그분은 자기 작품에 무의식적으로 모든 순리의 법칙을 적용함으로써 작품이 유기적으로 발전하고 생명력을 가질 수 있도록 했습니다.

이미 오래 전부터 그분은 '외형을 목표로 해서' 만들지 않으려고 애썼습니다. 그분에게는 후회라는 것이 없었고 오로지 형성되어 가는 것에 대한 친근감이 있었을 뿐입니다. 오늘날에는 그런 특성이 마음속에서 너무나 강렬해져서, 이제는 사물의 외형이 그분에게는 무관해졌다고 해야 옳을 정도입니다. 이렇게 해서 그분은 사물들의 존재와 현실, 불확실성으로부터의 해방과 완성, 그리고 독자성을 체험했던 것입니다. 사물들은 지상에 서 있는 것이 아니라 지상을 회전하고 있습니다.

그분의 위대한 작품은 손으로 이루어졌으며 언제나 보다 좋은 예술작품을 만들겠다는 겸손한 소망에서 이루어졌습니다. 오늘날에도 그분은 어떤 의도나 소재에 구애됨이 없이 순수하게 가장 단순 소박한 사람으로 그의 성장된 사물 속에 서 계십니다.

위대한 사상이나 숭고한 영감이 선한 것과 완성된 것에서 이루어지듯이 그분에게 다가왔습니다. 그러나 그러한 사상은 그분이 불러서 온 것은 아닙니다. 그분이 그것을 원했던 것은 아니고, 다만 묵묵히 자기의 길을 걸어가면서, 대지를 만들고 수백의 떠돌이별을 만들었습니다. 하나하나의 음성들은 살아 있으며 별이 총총한 밤하늘을 들여다보고 있습니다. 꾸미지 않는다는 점이 그 작품에 대해 감동시키는 솔직함과 순수성을 갖게 합니다. 무수한 형상들이 서로 연결되지 못해서 아직 구상에 불과할 때는 그것을 만들지 않았습니다. 구상은 많은 것 가운데 하나에 불과하지만 형상은 그와 다르며 전부이기 때문입니다. 그분은 한꺼번에 많은 작품들을 만들었습니다. 그리고 나서야 비로소 하나의 새로운 것을 만들거나, 그들에게서 하나의 새로운 것이 자라나도록 했습니다. 그렇게 해서 관계는 더욱 밀접해지고 법칙에 맞도록 되었던 것입니다. 그럴 수밖에 없는 것이 관념에서 그렇게 된 게 아니라 사물들이 서로 저절로 맺어졌기 때문입니다.

그리고 이 작품들은 그것을 만든 작가에 의해서만 이루어질 수가 있으며 영감이 부정될 수가 있습니다. 영감은 작가 위로 떨어지는 것이 아닙니다. 영감은 밤낮으로 그의 내부에 존재하고 있으며 직감에 의해서 이루어지고 그의 손 하나하나의 움직임에 의해 만들어진 따뜻함이기 때문입니다.

그분을 둘러싸고 있는 사물들이 자라날수록 그분에게 미치는 방해는 빠른 속도로 사라져 갔습니다. 그분을 에워싼 온갖 현실로부터 모든 소리가 차단됐기 때문입니다. 그의 작품이 그분을 보호했던 것입니다. 그분은 숲속에서 사는 것처럼 자기 작품 속에서 살았습니다. 그리고 그분 자신이 심은 것들이 이제는 거대한 삼림으로 자랐기에, 그분의 삶은 틀림없이 오랫동안 계속될 것입니다.

자기와 함께 살아가고 있는 사물 속을 거닐며 날마다 그것들을 들여다보고 날이 갈수록 완성되어 가는 사물들 속에서 사실 겁니다. 그의 집과 온갖 소리들은 하찮은 것이 되며 꿈속에서처럼 그 집을 바라보면서 희미한 추억으로 가득 차게 됩니다. 생활과 함께 살아가는 사람들은 빠져 나올 수 없는 텅 빈 동굴 속에 있듯 거기에 그냥 존재하고 있습니다. 그러나 그것 자체는 슬플 것이 하나도 없습니다. 두 갈래로 갈라지지 않으려는 큰 강줄기의 웅대한 물소리를 그것과 함께 듣고 있기 때문입니다.

루여! 그것은 그래야만 한다고 믿습니다. ……루여, 내가 완성시킨 시에는 내가 느끼는 어떤 관계나 애정 이상으로 더욱 현실적인 것이 있습니다. 창조할 때 나는 진실합니다. 그리고 나는 내 삶의 기초를 무한히 단순하고 소박한 기쁨 위에 두고 싶습니다. 로댕에게 갔을 때 나는 이미 그것을 찾아냈습니다. 수년 전부터 그분의 작품에서 무한한 본보기를 예감으로 찾아내고 있었기 때문입니다.

이제 그분에게서 떠나 온 지금, 나는 내 작품의 완성만을 요구할 때가 되었습니다. 거기에 나의 집이 있고 나에게 진정으로 가까운 모습들과 내게 필요한 여자들이 있고, 거기에서 자라나고 오랫동안 살게 될 아이들이 있기 때문입니다. 그러나 이 길을 어디서부터 시작해야 될까요? 나의 예술의 작업장은 어디며, 가치 있는 인간이 되기 위해서 시작해야 할, 그 가장 심오하고도 보잘것없는 장소는 어디에 있을까요? 나는 그런 출발점에 이르기까지 뒷걸음칠 것이며, 내가 이룩한 모든 것은 아무것도 아니며 손님들이 지나간 문지방을 비로 쓰는 일보다 더욱 하찮은 일이 되어야 합니다. 나는 나의 가슴속에 수백 년을 기다릴 참을성을 가지고 나의 짧은 시간을 영원인 듯이 살겠습니다. 산만하지 않고 정신을 집중하겠으며, 성급하게 무엇을 활용하기보다는 내 것을 다시 불러와서 그것들을 저축하겠습니다. 그러나 지금 나는 내게 호의를 가진 목소리와 내게 가까이 오는 발자국 소리, 그리고 내 문들이 열리는 소리를 듣고 있습니다.

내가 사람들을 찾는다 할지라도, 그들은 나에게 조언을 할 수가 없으며 나의 뜻을 이해하지도 못합니다. 책도 마찬가지입니다. 그들도 너무나 인간적이어서 나를 도와주지 못합니다. 사물들만이 내게 말을 걸어옵니다. 로댕의 사물들, 고딕식 대성당의 사물들, 완전한 사물들만이 그렇습니다. 이런 사물들은 내게 본보기를 보여 주고 움직이고 생명 있는 세계를 보여주고, 사물을 소박하게 보도록 가르쳐 줍니다. 나는 새로운 것을 보기 시작합니다. 꽃들 속에서는 이미 많은 것이 존재하고, 동물들로부터는 낯선 충동이 내게 전해집니다. 인간들에게서도 많은 것을 경험합니다. 나는 이 모든 것을 큰 정직함을 갖고 조용히 관조하고 있습니다.

그러나 나는 아직도 수련이 부족합니다. 오래 전부터 갈구하던 일할 수 있는 능력과 일을 해야 한다는 사명감이 부족합니다. 내게 힘이 부족한가요? 나의 의지가 병든 건가요? 모든 활동을 방해하는 꿈이 내 속에 있는 건가요? 세월은 흘러가고 있으며 나는 때때로 삶이 지나가는 소리를 듣습니다. 그런데도 아직 아무것도 이루어지지 않고 있으며, 내 주위에는 실제적인 것이 하나도 없습니다. 여전히 분열되어 있고 산만합니다. 그러나 나는 하나의 동굴 속으로 들어가고 싶으며 위대해지고 싶습니다. 루여! 그래야 하지 않겠습니까? 우리들은 큰 강과 같이 되어 운하로 흘러가고 버드나무 숲으로 흘러가기를 바라고 있지 않습니까? 그렇지 않은가요? 우리들은 한 군데로 합쳐져서 소리를 내며 흘러가야 되지 않을까요? 모르긴 해도 우리가 아주 늦게 되면 언젠가 종말에 가서는 넓게 퍼져서 삼각주로 흘러가기를 포기하게 되지 않을까요……. 사랑하는 루여!

라이너 마리아 릴케

**1904년 1월 15일 로마에서**

루, 당신의 지난번 편지의 날짜를 나의 편지 위쪽에 썼습니다. 그 편지의 날짜는 1903년 11월 9일이군요. 당신에게서 오는 편지가 혹 분실되지나 않았는지를 알고 싶기 때문입니다. 이탈리아 우편 사정은 여전히 믿을 바가 못 됩니다.

지금은 정원이 딸린 조그마한 집에서 살고 있답니다. 갖가지 불안이 지나간 뒤에 이제 정원에는 처음으로 조용한 시간이 깃들여 있습니다. 온갖 것이 제각기 제자리에 놓여서 숨을 쉬고 살아가면서, 세월 속에 팽개쳐져 있습니다. 비가 많이 내리던 밖의 세상도 이제는 봄날의 오후가 되었습니다. 비록 내일이면 끝나게 될지 몰라도, 지금은 마치 영원토록 그렇게 계속되어 온 듯한 봄날입니다. 가벼운 미풍이 불고 모든 나뭇잎들이 그 미풍에 흔들립니다. 너도밤나무 숲속에 반짝이는 월계수 잎과 눈에 보이지도 않는 갖가지 나뭇잎들, 그리고 이제 겨우 맺히기 시작한 붉은 꽃망울들은 의연하게 버티고 서 있으며, 조용한 정원에서 피어나는 맑은 회청색 수선화 꽃잎에서는 향내가 진동합니다.

나는 지붕 위의 빗물을 쓸어버리고 시든 나뭇잎들을 치워 버렸습니다. 일을 하고 나니 몸이 따뜻해져서 몸 속에서는 피가 소리를 냅니다. 실로 오래간만에 맛보는 자유의 맛이며 즐거운 순간입니다. 당신이 내게로 다가올 때와 같은 그런 기분입니다. 그러나 이런 행복한 기분도 오래지 않아 다시 사라질 것입니다. 먼 산 뒤에는 또다시 나의 지붕 위를 뒤덮을 비가 내리는 밤과, 나의 길을 구름으로 덮을 바람이라도 숨어 있는지 누가 알겠습니까?

그러나 이런 시간에 당신에게 편지라도 쓰지 않고 그냥 보낼 수는 도저히 없을 것 같습니다. 당신에게 편지를 쓸 수 있는, 마음이 평화롭고 맑으며 당신을 가까이에 느끼는 이런 고독한 순간을 나는 절대로 놓치고 싶지 않습니다. 당신에게 하고 싶은 말이 너무나 많기 때문입니다. 지난해 봄에는 파리에서 고대 미술품 전시회가 열렸습니다. 보스코렐 근처에 있는 별장에서 발견된 벽화들이었습니다. 아주 망가지기 전에 조각조각을 맞추어서라도 다시 한 번 보여 주려고 했던 것입니다. 그런 고대 미술품들을 보기는 처음이었습니다. 그 이후로 여기서 그보다 더 아름다운 그림을 본 적이 없었습니다. 비록 나폴리에 간다고 해도 그보다 더 좋은 그림은 없다고 해야 마땅할 겁니다. 그것은 위대한 화가들이 살았던 아주 오래된 시대의 그림들이었습니다. 깨지고 망가진 그림 중에서 하나는 온전하게 남아 있었습니다. 굉장히 크고 인상적인 그림이었는데 이국적이었습니다.

그 위에는 어떤 부인의 모습이 그려져 있었는데 그 부인은 조용히 앉아 진지한 얼굴로 한 남자의 얘기를 듣고 있었습니다. 남자는 차분하고 어두운 음색으로 자기 자신과 그녀에게 얘기를 하고 있는 듯한 모습이었습니다. 그 목소리에는 지나간 운명이 어둠을 드리운 언덕처럼 반영되고 있을 것입니다.

지금도 생생하게 기억이 나는데, 그 남자는 두 손을 지팡이 위에 올려놓고 있었습니다. 수많은 나라들을 함께 지나온 지팡이와 서로 의지하고 있는 셈입니다. 그가 이야기를 하고 있는 동안에 그들은 휴식을 취하고 있는 것입니다. 주인이 이야기를 시작하면 개는 잠을 자듯 말입니다. 그들은 이야기가 오래 계속되리라는 것을 알고 있기 때문이죠. 그 남자가 자기의 이야기 속에 파묻혀 있는 건지 혹은 아직도 이야기할 많은 추억들이 남아 있는지 모릅니다. 그림을 쳐다보면 금방 알 수 있습니다. 그 남자는 방금 돌아온 사람이며, 조용하고 우아한 그 여인을 찾아서 길을 떠나온 사람이며, 고향을 지켜 온 그 여인에게는 낯선 사람입니다.

그의 모습 속에는 뒤로 물러서려고 애써도 파도에 밀려서 앞으로 나가야만 하는 듯한 동작이 엿보입니다. 그의 조급한 마음 때문에 일생을 방랑으로 보냈으면서도 아직 그런 조급함에서 벗어나지 못했음이 하나의 풍경으로 전개되어 있었습니다. 내리는 눈송이가 끝없이 넓게 퍼지면서, 과거를 받아들이면서도 영원을 향해 있듯이, 전체 풍경은 그러한 부인의 삶을 설명해 주고 있습니다.

그 위대하고도 단순한 그림은 나를 사로잡았습니다. 나는 그것이 얼마나 훌륭한 그림인지는 아직도 분명히 알 수가 없습니다. 비록 단두 사람의 모습만 그려진 그림이지만 그 모습은 그 자체로 충만함과 필연에 연결되어 있었기 때문입니다. 나는 첫눈에 그 그림의 의미를

84

알아보았습니다. 고통스럽고 혼란에 찬 인상만이 나의 영혼을 뒤덮었던 그 파리 시절을 떠오르게 하는 그 아름다운 장면과 거기에 표현된 동작들은 내게 어떤 결정적인 계기가 되었던 것입니다. 그리하여 나와 가까운 것으로부터 떠나서 영원을 바라보아도 될 것 같은 기분이 들었습니다. 그 광경은 그토록 나를 감동시켰으며 결코 놓아주지 않았습니다.

그때서야 당신에게 편지를 써야겠다는 용기가 생겼습니다. 아무리 잘못되고 헝클어진 길이라도, 결국은 성숙과 평온 속에 사는 그런 여인에게 돌아감으로써 어떤 의미를 얻을 수 있을 것 같았기 때문입니다. 그 여인은 위대하며 여름밤처럼 온갖 소리를 들을 수 있습니다. 아무리 낮은 소리라도 놓치지 않습니다. 놀라게 하려고 부르는 소리, 종소리…….

어쩌면 나는 당신의 잃어버린 아이인지도 모릅니다. 나는 벌써 오랫동안 얘기꾼 노릇도 못했고, 길을 제시하는 선지자나 자기의 운명을 써나가는 사람도 될 수가 없습니다. 당신이 듣고 있는 것은 오로지 나의 발소리뿐입니다. 무언가 불확실한 길로 점점 멀어져 가는 발소리입니다. 나는 그 발걸음의 정체가 무엇인지, 그게 누구에게로 가까이 가는지도 모르고 있습니다. 나의 이야기만이 커다란 강물이 되어 언젠가는 당신의 내부로, 당신의 귓속으로, 당신의 깊은 정적 속으로 흘러 들어가게 될 것입니다. 그것이 바로 나의 기도요 소망입니다. 불안할 때나 동경에 몸을 떨거나 기쁠 때, 무엇이든 감싸주고 애기를 들어 줄 수 있는 시간이면 언제나 소망하는 나의 기도입니다. 나의 삶이 지금은 비록 보잘것없는 잡초만 무성한 들판이라도, 내가 그것을 당신께 이야기할 수만 있다면 그것은 이루어질 것이며 소망대로 될 것입니다.

당신의 라이너 마리아 릴케

**1911년 12월 28일 두이노 성에서**

사랑하는 루, 당신이 나의 편지를 기다리고 있다고 상상해도 좋겠습니까? 그렇지 않으면 당신은 6페이지나 되는 이 긴 편지에 대해 답장을 써서는 안 될 것입니다. 게다가 나는 절대로 이것보다 더 짧은 답장은 받을 수가 없습니다. 이맘때쯤은 늘 그렇듯이 당신은 집에서 쉬고 있을 것 같군요. 그러니 이렇게 긴 편지를 보내도 괜찮겠지요.

가을에 나는 게프자텔 씨를 통해 당신의 소식을 들었습니다. 그러나 당신도 짐작하겠지만, 그 사람은 늘 그렇듯 전체적인 근황은 설명하지 못했습니다. 그 사람은 의사가 진찰할 때 쓰는 거울 같은 사람입니다. 그 사람에게서는 도저히 전체를 알아낼 도리가 없습니다. 그러나 나는 당신이 잘 지내고 있다는 것도, 당신의 근황이 내가 짐작하는 것과 일치된다는 것도 알았습니다.

당신도 알겠지만 나는 언제나 서둘러서 나에게로 되돌아갑니다. 당신도 자기 자신에게로 돌아가서 당신 자신을 찾아보고 싶습니까? 이런 화제는 당신께도 흥미가 있을 것 같군요. 만일 당신에게로 되돌아가고 싶거든 제발 그렇게 하십시오. 비록 잘 안 되더라도 힘껏 도와드리리다. 그리고 그럴 만한 발판도 있습니다. 『말테의 수기』가 바로 그것입니다.

당신도 알다시피, 나는 나의 책에 대해 다른 사람에게서 어떤 평을 듣고 싶어하지 않습니다. 그러나 이번만은 사정이 다릅니다. 당신이 그 책에서 어떤 인상을 받았는지 꼭 알고 싶습니다.

물론 마음씨 좋은 엘렌 케이는 나와 말테를 같은 인물로 취급해서 두 인물을 혼동하고 있습니다. 당신이 아니고서는 누구도 그걸 확연하게 구분하거나 증명할 수가 없습니다. 말테와 내가 닮았는가? 성질이 전혀 다른 사람인가? 말테가 나의 분신으로서 나의 몰락을 구제하기 위해 자신이 몰락한 건가? 그렇지 않다면 나는 이 수기로 인해 급류를 타 그 물살이 나를 쓸어간 것은 아닌지? 당신은 이해할 수가 있겠습니까? 나는 이 책을 쓰고도 살아남기는 했지만 더 이상 아무 일도 못하고 있습니다. 나는 그 책을 쓰면서 이런 느낌이 점점 강하게 들었습니다. 이 책은 말로는 설명할 수도 없는 책이 될 거다, 그리고 내가 늘 얘기하는 분수령이 될 거라는 느낌이었습니다.

그런데 이제 모든 물은 전에 흐르던 쪽으로 다시 흘러가 버렸고, 나는 또다시 메마른 강바닥으로 빠져 들어가게 되었습니다. 그렇게 되지 않을 수가 없습니다. 그런데 다른 쪽, 몰락한 사람은 어떻게 되었습니까? 그자는 나를 이용할 대로 이용했고 나의 생명이 갖고 있는 온갖 힘과 사물들을 빼앗아 가서 그의 몰락을 위해서 남김 없이 낭비해 버렸습니다. 그의 마음속에서 없어진 건 아무것도 없습니다. 그는 자기가 가지고 있는 것은 고스란히 지키면서 손해본 것은 아무것도 없습니다. 그는 자기의 절망을 지키기 위해 모든 것을 자기 것으로 만들었던 것입니다. 그런데 나는 이제 그가 파헤쳐 놓은 함정을 발견했습니다. 그런데도 그 책은 불을 당기듯 써져야만 했습니다. 그리고 그것이 끝나는 순간에 멀리 달아났어야 했던 것입니다. 그러나 그러기에는 나의 재산에 너무나 애착을 느꼈고 빈곤을 참을 수가 없었습니다. 쓸데없는 허영심으로 이미 잃어버린 것에다 전 재산을 투자했던 것입니다. 그러나 그 재산의 가치는 그런 손실 속에서만 눈에 띌 뿐입니다. 그러므로 말테는 결코 몰락한 것이 아니라 외진 하늘로 승천한 것 같은 기분이 듭니다. 그것은 거의 2년의 세월이 걸렸습니다. 그 동안 내가 얼마나 괴로워했으며 숱한 잘못을 저질렀는지 당신은 알고 있을 것입니다. 처음에는 내게도 참을성이 있다고 생각했었습니다. 엉킨 것을 풀고 구멍난 것을 메우려고 얼마나 애쓴지 아십니까? 그러나 결과적으로는 숱한 오류와 엉뚱한 경험만 한 셈입니다.

사랑하는 루여! 나는 사람들을 필요로 하고, 기다리고 그들을 돌아보면 언제나 형편이 더 나빠집니다. 슬픔 속으로 점점 더 빠져들 뿐이고 죄를 짓게 됩니다. 내가 그들을 위해 노력하지 않고 있으며 그들을 보살필 능력이 없다는 사실을 그들은 모르고 있습니다. 『말테의 수기』를 쓰고 난 이후로 나는 나를 위해 있어 줄 누군가를 기다리고 있습니다. 그런데 그것이 뭔가 나쁜 징조 같습니다. 지금은 누구에게라도 도움을 받아서 나의 고독을 좀더 가볍게 하고 싶다는 생각을 떨칠 수가 없습니다. 그렇게 해봐야 아무 소용이 없다는 것을 당신도 알고 있을 것입니다. 부끄럽지만 나는 파리 시절을 생각해 봅니다. 그때만 해도 나는 무엇을 기대하지도 않았고 사람을 기다리지도 않았습니다. 온 세계가 내게는 오로지 내가 해내야 할 과제로만 여겨졌으며, 나는 맑은 정신으로 순수하게 일만 하면서 거기에 보답하려 했었습니다. 누가 감히 말할 수가 있었겠습니까! 내게 이런 병이 재발하리라고 말입니다. 그런데 이제는 아침에 깨어나면 등골이 오싹하고 무엇인가 나를 흔들어 주는 손이라도 확 붙잡고 싶습니다. 어떻게 이럴 수가 있습니까? 나는 이제 마음의 준비도 갖추고 표현할 재간도 갖고 있는데 어찌하여 부르는 소리가 들려 오지 않습니까? 내 마음은 무슨 일을 해야 할지도 모르고 있습니다.

이 글을 읽으면 당신은 뭐라고 하겠습니까? 당신은 이미 내가 이럴 거라고 예상했습니까? 당신이 지난번에 보내준 편지의 구절이 생각납니다. 당신은 "그대로 계속하도록 해요"라고 썼더군요. 그런데 그렇게 되지 않을 때는 어떻게 해야 하지요? 아무것도 하지 않고 그냥 주저앉아 있으면서도 더 이상 악화되지 않을 방법은 없을까요? 옛날보다는 의사 생각을 훨씬 덜하고 있습니다. 의학적 심리분석이 나를 위해서는 근본적인 도움이 될지도 모릅니다. 그것은 나를 정리해 주어 어느 날엔가 나는 깨끗하게 정리되어 있을지도 모릅니다. 그러나 그것이 오히려 지금의 무질서보다 더욱 부질없는 짓일는지도 모릅니다.

그와 반대로 때때로 시골 대학에라도 가서 몇 가지라도 꾸준히 계속해 볼까 하는 생각이 듭니다. 당신은 웃을 겁니다. 당신은 알고 있습니다. 나에게는 새로운 것이 없습니다. 그리고 더욱 나쁜 것은, 나의 어떤 계획이나 특성들은 모두가 연령이라는 것과 관계가 있어서 자칫하면 모든 것이 엉망이 될지도 모릅니다. 대학으로 가기에는 너무 늦었습니다. 당신은 내가 왜 이런 얘기를 하는지 알 겁니다. 예술이 무섭다는 것은 바로 이런 점일 겁니다. 예술에 정진하면 정진할수록 보다 영원한 것, 불가능한 것에 책임을 느끼기 때문입니다.

루여! 여기에 다시 내 자신의 고백을 늘어놓았군요. 이것은 병이 치유되는 징조인가요? 그렇지 않으면 다른 병이 시작되는 징조인가요? 일주일만이라도 당신 곁에 있으면서 당신의 얘기를 듣고 또 나의 이야기도 들려주고 싶습니다. 그런 지가 어느덧 오랜 옛날이 되었습니다. 그럴 수는 없을까요? 만날 수가 없을까요? 그건 도저히 불가능한 일일까요?

당신도 이미 알고 있겠지만 나는 지난 겨울에 알제리와 튀니지와 이집트에 갔었습니다. 그러나 유감스럽게도 그곳은 내게 별로 어울리지 않았습니다. 소득이 있었다면 동방 세계에 어느 정도 접했다는 사실뿐이었습니다. 나일강을 달리는 배 위에서는 아랍인들과도 어울렸습니다. 그리고 카이로에 있는 박물관은 나를 감동시켜서 그 속으로 빠져들기도 했습니다.

지금은 손님으로서 이 견고한 고성에 머무르고 있습니다. 지금은 나 혼자뿐입니다. 성은 감옥처럼 사람을 붙잡고 있습니다. 그리고 지금의 어수선한 기분도 다소 나아지는 것 같으므로 몇 달 예정으로 여기에 묵겠습니다. 그 다음에는 어떻게 될지 나도 모르겠습니다. 또 알고 싶지도 않습니다.

안녕! 하나님은 알고 계실 것입니다. 당신은 내게 문과 같은 존재였습니다. 나는 그 문을 통해서 비로소 넓은 들판으로 나가게 됩니다. 나는 때때로 그곳에 가서 그 당시의 나의 성장을 표시해 두었던 문기둥에 서서 나의 성장을 재어 봅니다. 앞으로도 계속 그렇게 되도록 나를 도와주고 사랑해 주십시오.

라이너 마리아 릴케


추신 : 카스너의 마지막 책인 『인간의 위대성에 대하여』를 갖고 있습니까? 며칠 전에 당신을 위해 그 책을 주문했습니다. 보내드리도록 할까요?

# 리자 하이제 부인에게

**1919년 8월 2일** 스위스 그라우뷘덴 쏘리오에서

부인께서 나에게 얼마나 편지를 쓰고 싶어했는지 잘 알고 있습니다. 우선 그 점을 다짐하고 말하는 것이 부인의 편지에 대한 명확하고 훌륭한 답장이 되리라 여겨집니다. 예술 작품을 변화시키거나 개선할 수는 없습니다. 일단 만들어지면 예술은 인간에 대해 자연과 마찬가지로 대립적이 되며, 분수처럼 자기 자신 속에 가득 차서 자신에게만 전념하게 됩니다. 그러므로 거기다 이름을 붙이자면 무관심이라고 하겠습니다. 그러나 우리들은 알고 있습니다. 인간의 의지에 의해서 억제된 예술과 자연은 결국 인간적인 것으로부터 만들어졌으며 고통과 기쁨의 절정에서 이루어진 것입니다. 그러므로 예술 작품 속에 나타나는 위안의 보물 창고를 여는 열쇠를 가진 고독한 사람만이

그 보물에 대한 권리를 주장할 수 있는 법입니다.

　나는 알고 있습니다. 인생에는 어떤 순간이 있습니다. 그런 순간이 몇 년이고 계속될지 모릅니다. 고독이 어느 정도에 이르면 자신도 모르는 사이에 타인과 흔한 접촉을 맺는 시기가 있습니다. 그럴 때 사람들은 그런 고독이 있다는 것조차 인정하지 않습니다. 자연은 인간에게 다가올 능력이 없습니다. 그러므로 보잘것없는 자연의 일부라도 자기에게 끌어당기고 싶으면, 인간 쪽에서 그 자연을 해석하고 관심을 고백해야 하며, 어느 정도는 인간적인 것으로 변화시킬 능력이 있어야 합니다. 그러나 진실로 고독한 사람은 그럴 힘이 없습니다. 그는 자기에게 주어지는 것을 무조건 받아들일 뿐, 자기가 나서서 이룩하려고 하지 않습니다. 인간이 기력을 탕진하고 나면 남이 먹여주는 음식조차 먹을 수 없습니다. 그럴 때는 어떤 일이 그 사람에게 일어나야 합니다. 그 사람에 대해서 그리움과 허약함, 하나하나를 튼튼하게 변화시키는 일에만 노력하는 어떤 것이 일어나야 합니다. 그렇게 되어도 엄격하게 따지면 변화된 것이란 아무것도 없습니다.

　예술 작품에 대해 이해하도록 도와준다는 일은 불가능한 일인지도 모릅니다. 예술 작품은 밖으로 변화하지 않고 내부에 간직하고 있는 인간적인 긴장감입니다. 즉 예술 작품의 내적 긴장도가 어떤 착각을 불러일으킬 수 있습니다. 그런 착각은 그 자체로서 노력이고 요구이고 구애이고 사랑이며, 격동이고 사명입니다. 인간과 예술 작품 사이의 이와 같은 속임수는 태초로부터 신적인 것이 요구되어 온 승려들의 속임수와 같은 것입니다. 저는 이렇게 지나칠 정도로 상세히 설명을 드리고 있습니다. 그러나 부인의 편지는 바로 나 자신에게 말하고 있으며, 어떤 수신인의 이름을 붙여도 상관없는 그런 편지가 아닙니다. 나 역시 부인 못지않게 정확하게 하고 싶었고, 아무렇게나 해도 좋은 말이 아니라 예술과 인간과의 관계를 말하고 싶었던 탓입니다.

부인은 끝으로 아이들 이야기까지 해 주어서 부인의 편지에 대해 더한층 신뢰를 품게 했습니다. 내게도 그런 신뢰감을 받아들일 뜻이 충분히 있다는 것을 말하면서 거기에 보답하려 합니다. 좋으시다면 내게 아이들과 부인 자신에 관해서 말해 주십시오. 그래서 편지가 좀 길어지면 어떻습니까? 나는 구식 사람이라 편지가 가장 아름다운 교제 수단이라 여기고 있습니다. 그 때문에 쓸 편지가 너무 밀려서 주체할 길이 없습니다. 게다가 어떤 때는 일 때문에 그렇기도 하지만, 전쟁 때처럼 영혼이 메말라서 몇 달씩 침묵할 수밖에 없다는 사실도 말씀드려야겠습니다. 그러나 대신 인간 관계를 인색하게 계산으로 따지는 인간적인 기준이 아니라 자연의 기준으로 다루고 있습니다.

원하신다면 이제부터는 우리 사이에 만남과 약속이 있었던 것으로 하고 싶습니다. 내가 오랫동안 약속을 지키지 못할 경우도 있지만, 부인만 좋으시다면 언제나 다시 돌아와서 오늘 처음으로 그랬던 것처럼 서로 알고 지냈으면 좋겠습니다.

라이너 마리아 릴케

**1919년 8월 30일 쏘리오에서**

　부인에게 우선 한 가지 다짐을 해 두고 싶습니다. 부인께서 그런 편지를 쓰는 한 나는 기쁠 뿐이며 답장의 의무는 느끼지 않겠습니다. 그러니 안심하시고 편지를 쓰셔도 됩니다. 그러나 부인께서 멀리서부터 내게 알려주는 부인의 심정이나 경험 등은 도대체가 답을 구할 수 없는 영역 밖에 놓여 있는 것입니다. 그런 문제들은 우리들의 삶이 갖는 본성에서 생기는 의문들입니다. 누가 그 의문에 대답할 수가 있겠습니까? 행복이나 불행, 혹은 예측할 수 없는 어느 순간의 마음이 느닷없이 그런 대답을 갖고 우리에게 다가올지 모릅니다. 또는 우리 자신도 모르는 사이에 완성되어 가거나 누군가가 우리 눈앞에 그 답을 펼쳐 줄지도 모릅니다. 그 대답은 그 사람 자신의 눈을 가리고 마음의 새로운 면 위에 서 있어서, 본인 자신은 그걸 모르며 오히려 우리가 그것을 일깨워 주게 됩니다. 그러나 당신이 이미 그것을 읽었다고 해도 의문은 여전히 의문으로 남는 것이 아닐까요? 인간적인 체험이나 발언도 결국은 의문이란 조그만 동산에 올라가서 미해결인 채 그냥 거기에 서는 것이 아닌가요? 누구를 향해서 서는 겁니까? 하늘을 향해서입니다.

　여성들의 운명, 그것은 가득 채워져 있고 닫혀 있으며 이미 해답이 내려져 있다면 좋겠습니다. 여성의 운명이 아직도 미해결의 상태로 남아 있다는 것은 왠지 부자연스럽습니다. 우리 개개인이 자연에 대해서 대립적으로 서 있듯이 남성은 여성의 운명에 대해 대립적으로 서 있다는 사실을 잊지 마십시오. 다시 말해서 남성은 대단한 능력도 없으면서 잡았다가 다시 버리고, 자연에 대해 외면한 채 도시나 책 속으로 사라져 갑니다. 존재의 중간 지점에 서서 잠에서 깨어 있는 자연을 부정하며 거부하게 됩니다. 그러다가 결국은 불만이나 실망, 그리고 결정적인 고통이 다시 마음속으로 파고 들어와서 우리들을 이미 구제할 길 없을 때 그 자연에 몸을 맡기게 됩니다. 그러나 스스로 활동하며 휴식을 취하고 있는 자연은 우리가 그 자연을 버려도 그 것조차 알아차리지 못합니다. 우리들의 마음이 조급하게 굴거나 떨어져 나가거나 자연은 여전히 있는 그대로 우리들을 포용해 주지만, 고독한 사람의 고통은 모르고 있습니다. 그렇지만 자연은 완전한 것이기에 고독합니다. 자연은 어떤 상태의 경계선에서 사는 것이 아니라 고독의 훈훈하고 완성된 중앙 지대에 있습니다.

고독한 여성은 이런 피난처를 가지고 그녀의 본질로 돌아 갈 수 있는 원의 중심 속에서 살아야 하지 않을까요? 여성이 자연적인 것에 있어서는 가끔 그런 일이 가능할지도 모릅니다. 그러나 그녀를 구성하고 있는 또 다른 것이 그녀에게 덤벼듭니다. 그렇게 한 몸에 자연과 인간을 같이 갖게 되어 무한적인 것이 되는 동시에 한계가 되기도 합니다. 한계에 도달하는 것은 그녀가 더 이상 줄 수 없는 탓이며, 그녀의 아낌없는 헌신이 이제는 마음에 부담이 되고 자유로운 요구가 부족하기 때문입니다. 만일 그런 요구가 넘친다고 한다면, 그녀가 아침에 눈을 뜰 때나 아직도 따뜻하게 잠자고 있는 상태라도 아무 말 없이 반응할 것임에 틀림없습니다. 그렇습니다. 그러므로 그런 여성이 처한 상태란, 대지에는 꽃도 자라지 않고 어린 토끼들은 떠나 버리고, 새들은 날아가 버려서 다시는 보금자리로 돌아오지 않는 자연의 상태입니다. 만일 그래도 그 여성이 이런 자연을 고집하고 거기서 그녀의 권리를 찾아내려고 애쓰고 지나치게 수확을 거두려고 욕심을 부린다면, 그녀는 또다시 그녀의 인간적인 의식에 혼란을 느끼게 됩니다.

그녀가 마련해 주는 보호는 믿을 만한가요? 그녀의 헌신은 무한한가요? 혹시 자연이라면 생각지도 않을 어떤 보상을 받으려는 잔꾀가 뒤에 숨어 있는 것은 아닐까요? 그리고 여성이란 대체로 위태롭고 불안한 처지에 놓인 것이 아닌가요? 여성도 인간이므로 어떤 때는 마음의 메마름을 가져오거나 스스로를 비참하게 하거나 달콤한 입김을 썩어 버리게 하고, 눈동자의 맑은 빛을 절망으로 흐리게 하는 병이라도 닥쳐오지 않을까요?

나는 가끔 여성의 이런 이중성은 순수한 남성의 사랑을 통해서 보충되어야 한다고 생각해 왔습니다. 그런데도 남성은 기껏해야 이루어지지도 않을 사랑의 계획으로 애인의 현실이나 사랑에 참견하고 있습니다. 남성이란 사랑을 구할 때는 스스로를 겨우 이해하기 시작한 소녀에게 자연의 힘을 과도하게 쓰면서도, 일단 구하고 나면 즉시 자기를 능가하는 여인의 인간적인 풍부함을 탓하고 부정하는 사람이 됩니다. 그 점이 바로 남성의 사랑이 가진 비활동성입니다. 남성의 사랑이란 한나절 축제의 입김이나 하룻밤 선물에 불과합니다. 그 사랑은 힘이 없어서 이 선물을 이용하고 그것을 끊임없이 변화시켜서 자기 자신에게 침묵의 상태를 만들어 주지도 못하는 것입니다. 그런 침묵의 상태는 사랑하는 사람 사이에 없어서는 안 될 순결을 다시금 회복시켜 줍니다. 그런 순결이 없다면 그들이 함께 있어서는 안 될 것입니다. 여성에 비해서 남성의 사랑은 불완전합니다. 남성은 사랑의 위대한 실천자라고 떠들면서도, 애인은 벌써 음률과 비유를 준비해 놓고 시를 쓰고 있는데 자기는 아직도 연애학의 기초 교과서에서도 벗어나지 못하고서 전체적인 시를 지을 수 있다고 자부하고 있습니다. 또한 이런 눈먼 사람은 마음속에서 완성된 길을 한 번도 찾아내지 못했던 것이 아닐까요?

부인의 저녁 한때를 위해서 이것을 말해 드립니다. 신비하고도 심오한 깊이를 가진 저녁이 우리 같은 사람들이 그토록 그리워하는 저녁인지도 모릅니다. 물론 그런 저녁의 위험성을 인정하지 않는 것은 아닙니다. 그런 저녁들은 내면적으로 우리들을 가장 촉진시키는 저녁이면서도, 우리들의 마음으로부터 가장 많이 빼앗아 가는 저녁인지도 모릅니다. 거기서 빠져 나오자면 창조하는 길 이외에 다른 출구는 없습니다. 얼마나 오랫동안 나는 안으로나 밖으로나 쓸데없는 일 때문에 그런 밤들을 갖지 못했는지도 모르겠습니다. 부인의 조용하

고 아름다운 옛집은 그런 데에 얼마나 도움을 줄까 하는 생각이 드는
군요. 그리고 내가 보낸 편지 한 통이 부인의 그 넓은 방들이 품은 기
대를 채워줄 수 있었다고 말해 주어서 고향을 잃은 나에게 잠시나마
위안이 되었습니다.

라이너 마리아 릴케

**1920년 1월 19일** 스위스 로카르노에서

······어린 아드님을 데리고 이사할 집을 어디에 구하셨는지요? 나는 가끔 그 일을 생각합니다. 특히 크리스마스에는 그 일이 자주 생각나더군요. 지난번 편지에서 부인은 제자들에 대해서 썼지만, 부인께서 무엇을 가르치고 있는지에 대한 암시는 없었습니다. 새집에서 다시금 학습을 시작하실 수 있으셨는지요? 성과는 있는지 즐거운 기분인지 궁금합니다. 고향이 없는 쓰라림을 겪은 나로서는 부인께서 그 조용한 옛집을 떠나는 일이 얼마나 어려운 일인가를 짐작할 수 있습니다. 비록 전쟁중이라곤 하지만, 내가 만일 그 무서운 여러 해 동안 끈기 있는 보호를 받고 지냈더라면 지금 무척 달라졌을 겁니다. 부인이 편지를 통해 하신 질문에 대한 답변인데 어디서부터 시작해야 할지요? 거기서는 다시 '전체' 가 문제가 되고 있습니다. 우리들은 때로는 행복이나 순수한 감격 속에서 더러 그 전체를 파악하는 수가 있지만, 사실 그 전체는 오류나 과오, 결함, 인간과 인간 사이의 원한, 절망 그리고 우울 등에 의해서 방해를 받고 있습니다. 그렇습니다. 날마다 우리들과 관련되는 모든 일에 의해서 그렇게 되는 것입니다.

우리들이 완전히 자기 것으로 독특하게 느끼고 있는 사랑의 순간조차도 사람들은 개체를 넘어서서 미래나 과거의 어떤 면에 의해 규정이 될 수도 있다고 생각하면 소름이 끼칩니다. 그렇더라도 그에게는 자기 것으로 도피할 수 있는 어떤 깊이가 남게 됩니다. 아무래도 나는 그렇게 믿게 됩니다. 그런 믿음과 황홀감은 시간이 흘러가도 아무런 상관이 없다고 하는 경험과 일치됩니다. 그러나 실제로는 그런 황홀감도 삶의 방향과 평행이 아니라 수직을 이루고 있습니다. 마치 죽음이 삶의 방향과 수직을 이루고 있듯이 말입니다. 그런 황홀감들은 우리들의 활동의 어떤 목표나 운동보다는 오히려 죽음과 더 많은 공통점을 갖고 있습니다. 죽음이란 것은 단순히 사라지는 것으로서가 아니라 우리들을 능가하는 강한 것입니다. 그 죽음으로부터만이 사랑은 공정하게 평가받을 수가 있습니다. 그렇지만 역시 이 위대한 것에 대해서는 인습적인 의견이 있어서 우리들의 진로를 흔들어 놓습니다. 우리들의 전통은 지도력을 잃게 되었으며, 뿌리로부터 더 이상 양분을 받아먹지 못하는 마른 나뭇가지가 되었습니다. 그리고 남성의 방심이나 초조감 따위를 감안하더라도, 지극히 행복하다는 관계에서조차 여성은 여전히 주고 있으며, 흔들리고 있는 두 사람의 어른들 곁에는 이미 어린아이가 계승자로서 어른들을 뛰어넘으면서도 여전히 어쩔 줄을 몰라 무력하게 서 있습니다. 우리들은 정말로 어려운 처지라는 것을 보다 겸허하게 인정해야만 합니다.

　우리들 사이의 일이 거듭될수록 우정이 더욱 깊어지도록 노력합시다.


라이너 마리아 릴케

**1921년 3월 7일 스위스 취리히 베르크 성에서**

비록 하찮은 사건이라도 때로는 확실한 보증 이상으로 더욱 많은 사실을 증명한다면, 부인에 대한 나의 끊임없는 관심에 대해서 별다른 증명을 하지 않아도 충분할 것입니다. 사실은 부인의 편지를 받은 즉시 나는 주소록을 펴서 부인의 새 주소를 조심스럽게 기입했습니다. 그것도 무의식적으로 깨끗하게 기입했던 것입니다. 완전한 조용함 속에 있는 부인이 사시는 곳의 주소를 기입하면서 어떻게 손끝까지 기쁨을 느끼지 않을 수 있겠습니까?

우선 부인의 아름다운 편지를 이해하기가 그렇게 쉽지는 않았다는 것부터 말해야겠군요. 그러나 이 표현은 적당하지 않습니다. 오히려 그것을 이해한다는 것 또는 이해했다는 것을 증명하기가 어려울 뿐입니다. 부인의 경험으로부터 우러나와서 말하는 모든 것은 부인만이 보증할 수가 있기 때문입니다. 아무리 세심한 보증인이라 하더라도 부인의 상태는 변화하는 어떤 순간이라고 단정할 위험을 범하게 되어, 이런 새로운 상태를 여러 가지 측면에서 자유롭게 측정할 수 없게 될지도 모르기 때문입니다. 고독한 사람에 대해서는 말로 할 수가 있습니다. 다른 사람의 의견이 그에게는 어느 정도의 경계를 확정시켜 줄 수가 있기 때문입니다. 그렇지 않으면 그 고독한 사람은 무한한 공간 속에서 아무런 관련도 얻지 못하게 됩니다. 그러나 행복한 변화 속에서 살아가는 사람의 생활은 현실로 가득 차 있어서, 어떤 것에 의해 얽매이지도 않으며 다음에 올 발견에 대해서 준비를 갖추지도 못합니다. 그의 활동은 고독한 사람의 활동과는 정반대로 회전하는 중심에 작용하는 중력을 눈으로 잴 수가 없습니다.

내가 원래 이해한 것을 말로 덧붙일 수는 없다고 해도, 부인의 새로운 경험에서 우러나오는 한마디 한마디가 내게 얼마나 기쁨을 주었나 하는 점을 부인께 알려 드릴 수는 있을 것 같습니다.

이제 부인에게는 무슨 일이 일어난 것이 틀림없습니다. 부인께서는, 단순한 필요에서가 아니라, 가장 풍족하게 그것을 완전히 받을 분이라는 사실이 명백해졌습니다. 그러나 모든 낯익은 것들이 단절되어 고독했던 그 당시의 부인의 감정처럼 나도 그런 감정을 조금이라도 쉽게 처리할 능력이 있다면 얼마나 좋겠습니까? 행복하고 충만한 처지에 있는 인간은 자기 자신을 진지하고 깊이 인식하기가 대단히 어렵기 때문입니다. 대부분의 사람들은 그들의 지나간 고독이 남긴 우울한 잘못으로 행복의 빛에 몸을 던지고 자기 내부의 진실을 잊고 맙니다. 그러나 부인의 준비는 더욱 철저했습니다. 부인의 괴로움과 고독은 이제 진실로 빛나고 반사되어 그 어떤 것이 주는 광채 속으로 들어갔습니다. 그렇게 되어 비로소 부인의 행복은 순수하고 확실한 보증과 흔들리지 않는 안정성을 얻게 되었습니다. 대부분의 사람들에게 너무나 진지하게 보이는 지참금을 부인은 새로운 깨끗함 속으로 성실하고 억세게 지니고 들어갔기 때문입니다.

부인의 편지는 이런 커다란 즐거움만이 아닌 여러 가지 다른 즐거움도 주었습니다. 이제 미카엘 군도의 낡은 정원에 대한 섭섭함을 달래게 되었으며 부인 또한 벌써 지나간 계절을 정원에 심는 생활을 하게 되었으니 그 얼마나 즐거운 일입니까?

나는 지금 베르크라는 이 조그만 옛성에 머물러 있습니다. 혼자서 고독하게 지내고 있는 것입니다.

정원과 그리고 창 앞의 분수뿐입니다. 내가 스위스에 온 이후로 일을 다시 시작해 보려고 바라고 있던 은둔처입니다.

그러나 이렇게 좋은 조건에서도 일은 더디기만 합니다.


라이너 마리아 릴케

**1921년 12월 27일** 스위스 뮈조트 성에서

　부인께서 이번에는 성탄의 기쁨을 내게 제때에 주셨습니다. 부인의 편지가 크리스마스 이브에 도착했습니다. 더욱 놀라운 일은 편지가 지닌 모든 것이 이 고요한 시간과 너무나도 잘 어울렸다는 사실입니다. 이 시간에 순수함을 주었습니다. 부인이 말할 수 있었던 모든 것이 그랬습니다. 그렇습니다. 그 이후로 자주 스스로에게 물어 보지만 그것이 얼마나 대단한 일인지 알고 있습니까? 앞으로 삶이 어떻게 나아가든 먼 훗날에 가서 서로에 대한 이해가 우정과 수확으로 인간적인 믿음 속에 남게 되리라는 것을 알고 계십니까? 제발 믿어주십시오. 그것은 정말 대단한 것이며 영원토록 간직해도 좋을 것입니다. 확실하게 잡을 수 있는 한 가지 일에 열중하면서도 사랑스럽고 이해심이 깊으며 뜻을 같이하는 우정이란 어린아이의 성장과 함께 한 인간에게 주어질 수 있는 것 중에서 최대의 것입니다.

　그것으로도 부인이 확신할 수가 없다면 부인의 순수한 관찰력이, 부인 자신의 의견이 가장 타당하며 은혜를 받고 있다는 것을 보증해 줄 것입니다. 부인은 도시의 무절제를 경험할 수도 있었고, 바이올린의 무절제도 경험했으면서도 천사가 경험하듯 모든 것을 지나오시지 않았습니까? 내가 이렇게 여러 가지를 말하는 것은 부인의 편지가 성탄절과 얼마나 잘 어울렸던가 하는 점을 이해하기를 바라기 때문입니다. 부인의 체험을 거울 속에 반사해서 부인에게 돌려드림으로써 부인의 아름다운 편지에 대해 보답을 하고 싶기 때문입니다. 부인이 편지 속에서 얘기했던 것처럼 '너무나 개인적인' 거라고 말씀하시지는 마십시오. 한 걸음만 내디뎌도 그것은 보편적인 것, 타당한 것, 인생의 기본 색채, 그 색채에 대한 충동, 그 색채가 사라지면 생겨나는 무한한 빛에 대한 충동이 될지도 모릅니다.

또한 같이 보내 주신 조그만 사진들도 그 편지를 결코 개인적인 것으로 만들지 않습니다. 나는 그 사진으로 부인 댁의 여러 사람들과 부인의 꽃들에게도 내가 보여지는 게 기쁩니다. 그리고 내가 올바르게 여러분께 보여지기를 바라며 아주 순종하는 자세로 그걸 바라보고 있습니다. 부인이 애쓰며 가꾸는 순진한 땅의 꽃은 저항하는 야곱의 싸움과 같은 것을 마련해 주지 않습니까? 그 조그만 사진들을 바라보고 있으면 아직 누구도 가보지 못한 평야가 생각납니다. 인구가 꽤 많은 바이마르 지방에서 어떻게 그런 곳이 발견되었을까요? 이제 부인은 일상 생활 속에서 지금까지의 세 가지 요소인 하늘과 꽃과 파헤쳐진 땅의 본질을 경험하시게 되었습니다. 그들의 고독과 그 내면 세계는 이제 바다의 4차원까지도 경험하게 되었으니, 그것이야말로 거장의 솜씨로 된 존재의 균형을 만들어 내는 것이 아닐까요?

이제 부인은 부인의 편지가 어떤 즐거움과 감동을 불러일으킬 수 있는지 아시게 되었겠지요? 지금 나는 나의 편지 역시 어느 정도는 새해와 어울린다고 여기고 있습니다. 내가 부인을 이렇게 이해한다는 것은 이미 내가 그렇게 소망하고 있다는 뜻이 아니겠습니까? 지나가는 얘기지만, 나는 붉고 검은 점이 박힌 행복의 딱정벌레를 편지 위에서 그냥 기어다니도록 내버려두고 있습니다. 그놈은 나의 서재에서 꿈꾸듯이 겨울을 났던 것입니다.

마지막으로 나에 관한 얘기를 해야겠군요. 나의 주소가 바뀐 것을 아셨을 겁니다. 겨울 내내 그토록 친절한 보호를 해주었던 그 멋진 베르크 성을 5월에 떠나야만 했습니다. 나는 불안한 마음으로 완전히 미지의 세계에 서게 되었습니다. 성에 파묻혀 지내며 하던 일들이 반걸음도 채 진행되지 않은 탓입니다. 그래서 나의 이번 여름은 다가올 겨울에 대한 피할 길 없는 걱정 속에서 속절없이 지나가 버렸습니다. 이번 겨울에도 조용하고 고독한 환경 속에서 지내야 할 텐데, 그런 곳을 찾을 수 있을는지 모르겠습니다.

부인이 말한 것처럼 바야흐로 세상이 불타고 있는데 말입니다. 한때는 스위스를 떠나야만 할 것 같았습니다. 그랬더라면 나그네 신세가 되었을지도 모릅니다. 밖에 나가면 어디로 가야 할까 하는 유령 같은 실망이 내게 안겨 들기 때문입니다. 이별의 정감을 맛보려고 나는 바리스 주로 떠났습니다. 1년 전에 처음으로 찾아낸 곳으로, 처음부터 잃어버린 세계를 다시 불러일으켜 준 곳입니다. 그 힘차고 말로 다 할 수 없는 우아한 풍경은 프로방스나 심지어 스페인의 어떤 경치까지도 생각나게 해줍니다. 여기서 이상한 우연으로 몇백 년 전부터 거의 사람이 살지 않았던 집을 하나 찾아냈습니다. 그때부터 그 낡은 집과의 싸움이 시작되었는데 결국 나의 승리로 끝을 맺었습니다. 거기서 겨울을 나게 되었으니 말입니다.

뮈조트 성을 '길들이기' 란 쉬운 일이 아니었습니다. 한 스위스 친구의 도움이 없었더라면 난관에 부딪혀서 그 성을 완전히 정복한다는 일은 좌절되었을지도 모릅니다. 물론 나는 가정부 한 명만 데리고 완전히 고독 속에 살고 있으며, 부인의 저택보다 크지는 않습니다. 같이 보낸 작은 사진이 물론 현재의 상태를 그대로 보여 주는 것은 아닙니다. 촬영은 1900년 이전에 이루어진 것이니까요. 그때 주인이 바뀌고 그 낡은 성은 완전하게 보수가 되었습니다.

그러나 다행히도 그렇게 많이 변한 것은 아니고, 헐린 곳도 별로 많지 않습니다. 더 이상 낡지 않도록 한 정도였습니다. 조그만 정원까지 있어서 저택을 둘러싸고 있는 벽돌과 어울립니다. 내가 놀란 것은 집안에서 1656년대의 이 지방 특유의 난로가 발견된 것입니다. 또한 같은 시대의 통나무 천장과 오래되고 아름다운 책상, 그리고 의자들도 있습니다. 그것들은 모두 17세기의 유명한 날짜들이 새겨져 있습니다. 나처럼 어린 시절부터 오래된 물건들을 강렬하게 좋아하는 마음을 지닌 사람에겐 대단한 것일 수도 있습니다.

더욱이 주위의 광활한 로느 계곡은 어린 시절에 처음으로 넓은 세상에 사로잡혔던 기억을 되살리는 그런 풍경입니다. 그 안에는 언덕과 산이 있고 오래된 성과 교회, 그리고 알맞은 장소에는 의문 부호처럼 자란 포플러가 간간이 서 있으며 비단 댕기처럼 물결치는 도로

들이 포도밭 둘레에 놓여 있습니다.

부인이 이 모든 것을 직접 볼 수가 있다면 얼마나 멋지겠습니까?

이것으로써 인사를 대신합니다.

라이너 마리아 릴케

**1922년 5월 19일 뮈조트 성에서**

4월에 보내 주신 부인의 편지는 부인의 기분을 그대로 전달하는 편지였습니다. 그러나 편지 끝에 우정을 갖고 편지를 받아 주었으면 하는 부인의 소망은 내 생각과 많이 달랐습니다. 차라리 '즐거움을 갖고' 라고 쓰는 것이 훨씬 진실에 접근하는 것이 아닐까요? 그리고 그 즐거움이란 것도 큰 글자로 쓰시는 것이 좋을 뻔했습니다. 부인이 전한 소식이 얼마나 좋은 것인지 부인은 대체 알고 있습니까? 때때로 부인은 순수하고 딱딱한 사실의 금속판을 울리고 있는지도 모릅니다. 부인께서 그렇게 정직하고 확고한 마음으로 그것을 건드리면 여기에 있는 내게도 그 음향과 종소리가 들리며, 그 소리가 자유롭고 넓은 공간 속에서 울린다는 것을 알게 됩니다.

힘들고 참기 어려웠던 겨울이 부인에게는 틀림없이 일종의 얼어붙은 기쁨처럼 되었을 겁니다. 그러나 순수하고 억센 미래가 이제는 녹아서 살랑이는 소리를 내며 봄 속으로 흘러 들어가기를 바랍니다. 이제 우리들의 정원도 서로 인사말을 주고받습니다. 나의 정원에 백 그루 이상의 장미를 심었습니다. 경험이 부족한 탓으로 별로 돌보지 못합니다. 내가 하는 일이라야 겨우 매일 물을 주는 정도입니다. 그런 일은 별로 까다롭지 않으니까 그저 정직하게 사는 것뿐입니다. 무엇이든 시기가 중요하므로 주의 깊게 정신을 차려서 물을 주기만 하면,

조용한 가운데서도 무언가 자기 것을 내주고, 그것은 한없이 받아들여져 성장 속으로 흘러 들어가게 됩니다.

부인의 세차고도 믿음직스런 힘이 언제나 나를 놀라게 했고 그것을 생각나게 했습니다. 부인은 어려운 환경에서도 그런 놀라운 힘으로 부인의 땅을 가꾸셨습니다. 내게는 그런 일을 할 재주도 없거니와 관리법도 모릅니다. 가끔 해보려고는 하나 성급하기만 합니다. 밭일을 하는데 성급하게 덤비는 것 이상으로 바보스런 짓이 있겠습니까? 정신적인 작업에서도 어려운 밭일을 하게 될 때는 얼마나 큰 기쁨과 신선함이 생겨나는지 모릅니다. 그러나 정신적인 일과 육체적인 일 중에서 어느 한쪽이라도 솜씨와 경험, 태도 또는 능력만 있으면 한쪽이 다른 쪽으로부터 배울 수도, 이득을 얻을 수 있을지도 모릅니다. 나는 내면적인 밭일에 대해서도 힘을 기울여야 하겠지만 다른 것도 가능한 한 잘 관찰해야겠습니다. 내가 부인의 꽃들과 편지를 보듯 말입니다. 두 가지는 전부 같은 믿음에서 생겨납니다.

이번 겨울의 나의 내면적인 밭일은 멋졌습니다. 나의 깊숙한 땅에서 갑자기 되살아난 의식이 정신의 위대한 계절과 오랫동안 알지 못했던 강렬한 마음의 빛을 내게 주었습니다. 1912년에 있었던 그 위대했던 고독 속에서 시작되어 1914년 이후로 거의 중단되었던, 가장 애착을 갖고 있던 작품을 다시 시작해서 무한한 능력으로 완성을 보게 된 것입니다. 그 일과 함께 기대하지도 않았던 부수적인 조그만 일도 진척이 됐습니다. 열다섯 편이 넘는 소네트로 '오르페우스에게 드리는 소네트'라고 이름을 붙였는데 젊은 나이에 죽은 사람에 대한 묘비명으로 쓴 것입니다. 부인을 위해 그 중 일곱 편을 작은 노트에 적어 같이 보냅니다. 이 소네트와 좀더 중요한 다른 작품들도 보낼 수 있다면 부인은 이번 겨울에 우리들의 일의 결과가 여러 면에서는 서로 비슷했다는 것을 아시게 될지도 모르겠군요. 부인은 내적인 생활이 이미 마음에 가득 차게 되었다고 쓰셨습니다. 그리고 올바르게 보기만 하면 언젠가 있게 될 손실과 부족을 메워 줄 수도 있다고 쓰셨습니다. 내가 이번 겨울에 일에 파묻혀 깨달은 것이 바로 그것입니다. 인생이란 후에 닥쳐올 어떤 빈곤을 훨씬 능가할 정도로 앞서 있다는 사실입니다. 그러니 두려워할 것이 무엇입니까? 단지 우리가 그것을 잊고 지낸다는 것이 두려울 뿐입니다. 그러나 우리 주위나 내부에는 그것을 생각나게 도와주는 것들이 얼마나 많습니까!

라이너 마리아 릴케

## 1923년 2월 2일 뮈조트 성에서

부인을 괴롭히는 것과 똑같은 불안과 말할 수 없는 초조감 때문에
나는 점점 침묵 속으로 빠져들고 있습니다. 지난번 부인의 감동적인
편지에 답장을 하려고 여러 번 생각했으나 보다 멋지고 행복한 시간
에 쓰려고 미루어 왔습니다. 네잎클로버까지 끼어 넣은 부인의 편지
가 나를 얼마나 감동시켰는지 알아주었으면 좋겠습니다. 그러나 나
의 여름은 가을도 마찬가지로, 여러 가지 불안정한 일에 휩싸여 지냈
습니다. 이 낡은 고성에 고독하게 들어앉아서 이 겨울도 가능하면 지
난 겨울처럼 멋지게 만들어 보려고 애썼지만 너무나도 힘이 들었습
니다. 건강 탓도 있었고 자꾸만 몰려드는 방해 때문에도 그러했습니
다. 그런 점에 있어서는 부인이 쓰신 여러 편지 구절이 바로 나 자신
을 두고 한 말이라고 해도 될 것입니다. "낮부터 나의 생각의 반은 내
것이 아니며 밤마다 열병 같은 환상"이라고 하신 구절이나 또 다른
구절들이 그렇습니다. 나 또한 바로 그렇기 때문입니다. 무슨 일이
생기고 있느냐고요? 그리고 이런 사건 속에서 우리는 대체 무엇인가
요? 그런 것은 전쟁처럼 우리들에게 덤벼들지만 우리와는 상관없는
낯모를 불행입니다. 이런 것들을 단숨에 뛰어넘을 수 있을 것 같은
생각이 자주 들지 않습니까? 여름의 초원을 지날 때 키 작은 꽃들을
건드리면, 부드러운 향내와 함께 정서 속에 보이지 않는 어떤 위로가

전해 오지 않습니까? 부인의 편지는 그런 놀라움, 마음의 순수한 기쁨과 떨림으로 가득 차 있습니다. 그런 것은 빈곤에 빠져 본 사람만이 알 수가 있습니다.

　무엇을 볼 때마다 언제나 타고 난 본성에 의해서 그것을 경험해야 하는 나 같은 사람에게는, 이 세계를 가로막고 있는 것이 독일이라는 사실에는 추호의 의심도 없습니다. 독일은 나도 모르는 사이에 그렇게 되어 가고 있습니다. 나의 복잡한 혈통의 구성과 교육은 이런 것을 읽을 수 있는 독특한 차원을 내게 주었습니다. 1918년 붕괴의 순간에, 독일은 깊은 진실성과 회개하는 태도로 세계를 감동시킬 수도 있었을 것입니다. 세계에 대해서 부끄러움을 느낄 수도 있었을 것입니다. 잘못된 독일의 번영을 단호하게 단념했어야 했습니다. 한마디로, 독일의 본질인지도 모를 겸허함으로 그렇게 했어야만 했습니다. 비록 잠시 동안이지만 그 당시 나는 그런 희망을 품고 있었습니다. 이상하게 일면적이고 편협한 독일의 면모에다, 뒤러의 그림에서 볼 수 있는 겸허한 표정을 덧붙여 그려 넣어야 했을 것입니다. 그런 겸허한 표정은 이제는 영영 사라져 버린 표정이지만 말입니다. 모르긴 해도 그런 것을 느끼고 원했던 사람들도 더러는 있었을 것입니다. 이제야 그렇게 되지 않은 것에 대한 보복이 시작되었습니다. 어느 한쪽에 기울지 않게 하는 그 무엇이 부족했던 것입니다. 독일은 게을러서 그의 가장 순수하고 훌륭하며 오래된 기초 위에, 올바른 중심을 세우지 못했습니다. 독일은 근본적으로 개혁되지 않았고 생각을 고치지도 않았으며, 내적인 겸허가 뿌리를 박고 있는 권위를 창조하지도 못했습니다. 오직 표면적이고 성급한 불신과 욕심이 많다는 의미로서의 구원만을 생각했던 것입니다. 독일은 자기의 은밀한 성질에 따라서 참고 견디며 자기의 기적을 준비하지 않고, 오로지 성공하기만 기대하며 거기서 빠져나가려고 했습니다. 독일은 변화 대신 옛 것을 고집했습니다. 이제야 사람들은 느끼고 있습니다. 무언지 모자라는구나……. 이 모든 것이 지탱될 시간이 부족합니다. 사다리에 발판이 한 개 부족합니다. 그리하여 말할 수 없는 불안과 걱정 그리고 무서운 붕괴에 대한 느낌이 생기는 겁니다.

어떻게 할까? 우리들은 각자가 조용하고 믿을 수 있는 조그만 인생의 섬에서 우리들의 삶을 수행하며 괴로움을 맛보고 느껴야만 합니다. 그렇다고 나의 섬이 부인의 섬보다 튼튼하고 안전한 것은 절대로 아닙니다. 나는 손님이고 부인은 소작인입니다. 그런데 정말로 부인의 소작 기간은 이번 가을로 끝이란 말입니까? 부인께서는 3년 간이나 지주의 땅을 기름지게 갈아주지 않았습니까? 그 사람에게 생각을 고치도록 할 수는 없을까요? 이제 와서 그와 비슷한 다른 땅을 찾아보기란 정말로 어렵다는 생각이 듭니다. 아르헨티나로 가시겠다는 것은 마음이 통하는 땅에서 사시겠다는 부인의 소원이나 생각과는 모순이 됩니다. 그리고 그곳도 이제는 전처럼 용기와 힘이 날 그런 정세는 아닐 것 같군요.

그러나 부인께서 바이마르 시대를 통틀어 바라보시면, 얼마나 수확이 많았고 성과가 컸는지 아실 겁니다. 그 이익은 너무나 확실해서 근심이 어린 부인의 편지에서도 그걸 읽을 수가 있었습니다.

　이런 것을 생각하면 나는 변함없이 부인의 행복을 빌게 되며 또한 그것을 기원하고 있습니다.


R.M.R

**1924년 1월 27일 뮈조트 성에서**

우리들은 서로가 상대방의 침묵을 걱정스럽게 지켜보았습니다. 나는 우선 부인의 편지를 뒤집어 보았습니다. 그리고 옛 주소가 그냥 써 있는 것을 보았을 때 부인에 대한 걱정은 괜한 것이었다는 생각이 들었습니다.

그러나 이제 보니 그렇지도 않습니다. 부인의 편지를 읽고 보니, 부인이 얼마나 어려운 처지인가를 알겠습니다. 나는 부인이 처한 처지가 써 보낸 그대로라고는 생각지 않습니다. 그렇다고 나의 이해심이 모자라서 그런 것은 아닙니다. 부인의 곤경이나 피로감도, 마음속의 깊고 순수한 환멸도 나는 잘 이해하고 있습니다. 부인이 그토록 오랜 세월 애써 왔는데도 아무런 결과가 없었던 것에 대한 환멸도 이해하고 있습니다. 부인이 토지와 벌인 그토록 성실한 싸움은 보답을 받아야 한다는 신념을 나로서는 버릴 수가 없습니다. 지금도 나의 마음속을 깊이 파헤쳐 보면 아직도 그런 신념엔 변함이 없습니다.

좀더 신중하게 생각할 시간이 없겠습니까? 부인은 조급한 마음에서 여러 가지 계획을 써 보내 주셨지요? 혹 너무나 많은 계획을 세운 것은 아닌지요? 아직도 좀더 신중히 생각해 볼 시간은 없을까요? 그렇게 멀리 떠나기 전에 말입니다. 부인의 편지로 미루어 보아, 부인의 심정은 그렇게 어마어마한 결정을 내릴 시기가 아닌 것 같습니다.

우선 결정을 미루라고 충고하고 싶습니다. 아무런 성과가 없어서 모든 것을 다시 한 번 처음부터 시작해야 할지라도 우선 휴식을 취하면서 숨을 돌려 평안한 시간을 갖도록 하십시오.

그리고 새 땅에서 새로운 출발을 하는 것이 반드시 신대륙이라야할까요? 독일에는 부인이 계속 애써 볼 토지가 어디에도 없습니까? 내가 어찌 그런 중요한 시기에 조급한 것은 잘못이란 사실을 부인에게 일깨워 주지 않을 수 있겠습니까? 그리고 부인이 이제야 '평화와 믿을 수 있는 것' 을 얻었다고 말하는 의도를 내가 어찌 이해하지 못하겠습니까?

이러한 곤경을 받지 않는 나라들도 있기는 있습니다. 그러나 방해를 받는 일이 훨씬 적은 세계라면 어떤 내적인 상태의 균형을 회복하기 위해 저절로 운명의 손이 작용했을 것입니다. 그러나 그런 것은 나타나지 않습니다. 우리가 어떤 일을 이루었을 때에 보답을 받게 되는 그런 것이 나타나지 않습니다. 말하자면 기틀이 부족합니다. 자기도 모르는 사이에 걸어가던 발걸음에 가능성이나 변화를 일으켜 주는 그런 사심 없는 기쁨 같은 것이 없습니다. 우리들의 내부에서 성장하면 곧 나타나는, 운명의 대답이 모자라는 형편입니다. 그러한 자연의 보답을 못 받고 있기 때문에 곤경에 처해 있는 몇몇 사람을 나는 알고 있습니다. 그렇기 때문에 탐욕과 절망으로 안정을 잃은 사람만이 앞으로 돌진하는 것을 보고도 놀라지 않습니다. 나는 지금 이 순간 완전히 부인과 함께 있습니다. 나는 부인이 겪게 될 곤경을 이해하려고 애쓰며, 부인의 깊은 마음속까지 쉽사리 파고들 수도 있습니다. 그런데도 도와 드릴 힘이 없습니다. 부인이 당하는 부당한 처사도 나는 잘 알고 있습니다. 그러나 전쟁 이후로 그런 부당한 일은 어디에나 숨어들었습니다. 그것을 피하려면 마음속으로 깊이 숨는 도리밖에 없습니다. 그런 점에 있어서 부인은 이미 몇 년에 걸친 고생으로 꿈쩍도 하지 않을 정도로 굳세어지셨습니다. 다만 피로와 환멸과 끊임없는 불안이 자기를 조절하는 힘을 빼앗아간 것뿐입니다. 그리하여 부인은 가까운 것들과 동떨어진 듯한 기분을 느끼게 된 것입니다.

나는 몇 번이고 나의 『두이노의 비가』를 보낼까 했었으나 그만두곤 했습니다. 부인의 마음이 지금 다른 곳에 쏠려 있다고 생각했기 때문이며 지금은 괴로운 독서를 권할 시기가 아니라고 여겨졌기 때문입니다. 나 자신도 여러 가지 불쾌한 일로 해서 모든 일이 뜻대로 되지가 않습니다. 최근에는 병이 도져서 의사의 감시를 받다가 겨우 일주일 전에 해방이 되었습니다. 그러나 나는 몸의 온갖 고장을 스스로 처리해 왔습니다. 나와 신체와의 연결성은 아주 정확해서 오히려 의사가 우리들의 조화를 깨뜨린다고 생각이 됩니다. 그리고 나는 곧 친구로부터 구원을 받게 되었습니다. 우리들은 될 수 있는 대로 약은 피하고 여러 해 동안 내게 도움을 주던 자연으로부터 도움을 받자는 데 의견의 일치를 보았습니다. 나는 한 번도 육체와 정신 사이에 경계선을 그어 본 적이 없습니다. 그것은 서로를 도와 가며 서로에게 영향을 끼쳤던 것입니다. 그래서 쇠약하고 병들은 육체에 대해서 정신을 우위에 놓는 것과 같은 어색한 짓은 하지 않습니다. 따라서 어느 누구보다도 육체적 장애의 영향을 받기가 쉽습니다. 내가 거둔 성공의 모든 것은 나를 구성하고 있는 모든 요소의 공통된 즐거움으로부터 나온 것입니다.

이젠 그만 쓰겠습니다. 나는 이런 일들에 대해 말하기도 싫습니다. 그리고 병자일 때는 자기 주위에 사람이 있다는 사실이 견디기가 어렵습니다. 이럴 때는 어딘가로 숨어 버리고 싶은 동물적인 충동만이 있을 뿐입니다. 그런데도 오늘은 편지가 길어졌습니다. 만일 나의 편지가 너무 짧으면 내가 부인에게 전달하고 싶은 친근감이 없어져 버릴지도 모르기 때문입니다.

그러나 부인은 괴로운 하루하루를 보내면서 느끼는 모든 소원이나 스치는 온갖 생각들도 전부 적어 보내 주십시오. 언제나 답장을 약속할 수는 없지만 사정을 알고 지내고 싶습니다. 짐작하시겠지만 내가 없는 때라든지 혹은 아무 일도 하지 않고 있는 동안에는 일과 편지가 산더미처럼 쌓여 있습니다.

끝으로, 내가 부인의 사정을 잘 알고 있을수록 가끔 부인에게 보내는 나의 편지가 더욱 본질적이고 절실한 것이 될 것이라는 점을 말씀드립니다.

R.M.R

**1924년 2월 11일 뮈조트 성에서**

그렇습니다. 기적이라고 생각됩니다. 부인의 전전편지를 받고 이번 것을 받으니, 그 편지는 그 동안 지나간 빛을 한데 모은 즐겁고 조그만 거울 같더군요. 그 빛들이 너무나 바르게 보여서 빛의 진행이나 밝은 세계로 나가는 것에 대해 내가 거의 생각할 필요조차 없을 것 같습니다. 그래도 나는 날마다 부인을 생각하고 있으며, 부인이 그 빛의 영향 밑에 올바르게 남아서 새로운 하늘의 눈짓을 따라갈 능력을 갖추게 되기를 바라고 있습니다. 어떤 운명의 형태를 받아들이고 완성되고 열린 미래 속으로 흘러 들어가고 있다고 해서, 부인이 너무나 순진하다고 생각하는 것은 아닙니까? 이렇게 쉽게 따라갈 수 있는 것은 수줍으면서도 대담한 자연의 운명이 희생하기 때문이 아닐까요? 그리고 한 가지 형식을 채우려는 이런 모험이 바로 인생이 아니겠습니까? 이런 형식도 언젠가는 새로운 힘에 의해 망가져서 변화된 모습으로 동일한 세계 안에서 마술적인 존재와 자유로이 친해지는 것이 아닐까요? 그와 같이 순박하고 가치 있는 일을 끝마치고 겸손하게 어떤 순수한 가능성을 기다리고 있는 부인 같은 분에게 어떻게 옳지 못한 이야기를 할 수가 있겠습니까? 저는 그런 생각이 드는군요.

R.M.R

# 클라라 베스트호프에게

(뒷날 릴케와 결혼)

**1900년 10월 18일** 베를린 교외 슈마르겐도르프에서

  사랑하는 클라라 베스트호프, 당신은 푸른색으로 단장된 조그만 식당에서의 저녁 한때를 아직도 기억하는지요? 당신은 그때 당신의 파리 여행을 가로막고 있던 날들에 대해 이야기하고 있었습니다.

  아버님의 희망대로 당신은 출발을 연기하고 당신 어머니를 스케치하기 시작했었습니다. 당신의 눈길은 이미 멀고 먼 곳의 새로운 아름다움에 사로잡혀 있었지만 눈을 가까운 데로 돌려야만 했었지요. 그리하여 아주 가까이 있는 신중하고도 고귀한 노부인의 얼굴에 친숙해지고, 날마다 그녀의 주름살을 세밀하게 관찰해야만 했지요. 그 조용한 작업이 당신의 손을 길들였으며, 외국 여행에서 당하게 되는 우발적인 사건들 대신에 당신은 날마다의 작업을 통해 계속 성장하고

있었습니다. 낯설고 새로운 사물들을 열망하고 있는 당신의 예술 대신에, 당신의 인간적인 정서와 신뢰감은 뜻밖의 나날들 속에서 발전하고 있었습니다. 당신의 사랑은 한 군데로 집중되어 당신을 마주보고 있는 평온하고도 조용한 그 노부인의 얼굴로 향하고 있었습니다. 그 얼굴은 풍요로워서 표현하기가 매우 어려운 것 같았습니다.

보십시오! 나는 그 당시 당신의 모습에 완전히 사로잡혀 있었습니다. 보다 큰 것에 대해 이미 각오를 갖추고 있는 당신의 눈은 조심스럽게 귀를 기울이는 발걸음으로 경험의 험난한 길들을 또다시 헤매고 있었습니다. 그리고 그 길 위의 이정표 옆에서 경건한 마음으로 고요히 서 있었습니다. 그리고 세계를 전부 잊은 채 단지 당신이 상대하고 있는 것은 하나의 얼굴뿐이었습니다.

나는 지금도 당신이 그때 얘기한 모든 것을 생생하게 기억하고 있습니다. 그리고 그 노부인의 자세도 눈앞에 선합니다. 조심스럽게 가끔 말을 하는 노부인, 다정한 표정을 지으려고 할 때 손을 감추는 노부인, 다리를 포갠 모습, 그러다가도 팔을 뒤로 빼고 다시 섬처럼 조용하게 앉아 있는 노부인을 지금도 눈앞에 볼 수가 있습니다. 그리고 나의 눈도 역시 빛에 사로잡혀서 보다 크고 심오한 아름다움에 머물러 있었습니다.

처음부터 당신의 고향은 나에게 자애로운 타향 이상의 것이었습니다. 그것은 나에게는 첫 고향이었으며, 거기에서 사람들이 살고 있는 것을 보았습니다. 그것에 비하면 다른 모든 사람들은 타향에 살고 있고, 모든 고향은 텅 비어 있었습니다. 그 사실은 내게 크나큰 감명을 주었습니다. 처음에는 그저 당신들 곁에서 한 형제가 되고 싶었을 뿐입니다. 그러나 당신의 고향은 너무나 풍요로워서 나를 함께 사랑하고 감싸주었습니다. 당신들은 그토록 친절하게 나를 친형제나 자매처럼 대해 주었으며, 평일이나 축제일 등의 온갖 일에 나를 참여시켜 주었습니다. 그리고 나는 위대한 아름다움에 심취했었습니다. 아무런 보탬도 주지 않고 그런 아름다움을 누리는 사람이 되었습니다. 그러다가 하마터면 나를 기다리는 겸손하고 경건한 손으로 봉사해야할 삶의 얼굴조차 잊어버릴 뻔했습니다. 나는 시간을 초월해서 위대함과 밝음 속에서 많은 것을 보았으며, 무엇인가 멀고도 새로운 것을 받아들이기 전에 만들어야 할 위대한 모습에 친숙해졌습니다. 당신은 겨우 한 달 만에 일을 끝냈지만, 내 경우에는 마음 밑바닥의 친근하면서도 의외의 놀랄 만한 어떠한 것에 헌신할 수 있으려면 일 년은 걸려야 될 것입니다.

당신과 함께 한 그 나날들의 많은 정취가 아직도 나의 마음속에 남아 있습니다. 얼마 전부터 나는 가장 조용한 시간을 대하고 있는 것 같은 기분이 듭니다. 그러나 이곳에 머무르면서 나의 계획을 위해 할 수 있는 모든 수단을 이용하고 헌신하려는 결심이 섰을 때에야 비로소 작업을 시작했습니다. 나는 아직도 연모의 정으로 보릅스베데에 대한 많은 것을 생각하고 있습니다. 음산한 저녁과 추위와 고독에 잠긴 그 오두막의 날들을 말입니다. 그리고 잊을 수 없는 정취로 가득 찼던 일요일과 뜻밖의 한때를 생각합니다. 그러나 내 안의 보이지 않는 바다 위에는 이미 파도와 같은 것이 자라나고 있습니다. 머지않아 그것이 나를 완전히 사로잡을 것입니다.

그런 일들이 다른 무엇보다도 먼저 일어나도록 놓아둘 것입니다. 당신은 그것을 이해하실 것입니다. 나는 아직도 '그 얼굴'에서 떠날 수가 없습니다. 이번 겨울은 일을 잘할 수 있도록 조절했습니다. 그리고 1901년 1월에는 다시 러시아로 갈 것 같습니다. 그곳에서는 삶의 모든 면이 더욱 분명하고 단순하게 될 것입니다. 그리고 나는 그곳에서 내 일을 더욱 쉽게 계속하거나 고치고 보충할 수도 있을 것입니다.

당신이 내게 얘기해 준 것들 가운데 어떤 것은 중요성을 갖게 되리라는 사실을 나는 알고 있습니다. 지난 겨울, 당신의 11월이 이제는 내게 거의 상징처럼 되어 있습니다. 만일 당신이 얘기한 추억과 정취에서 아름다운 모습을 얻지 못했더라면 나는 지금 산다는 것이 좋은 것이라는 사실조차 몰랐을 것입니다.

나는 당신에게 이별을 고하지 않습니다. 당신 가까이에 있다는 것을 느끼고 있기 때문입니다. 이별을 하지 않는 것이 다행스럽게만 여겨집니다. 이별이란 것은 감정에 큰 짐이 됩니다. 거리감은 거기에 비할 바도 못 됩니다. 거리감조차도 모든 사람들 속에서 자라나고 튼튼해집니다.

당신의 편지는 정말로 아름다웠습니다. 그것은 당신의 심정 그대로였습니다. 심정을 있는 그대로 솔직히 썼다는 것이 얼마나 좋은 일입니까? 그렇게 할 수 있는 사람은 극히 드뭅니다. 쓰는 것만을 일삼는 대부분의 사람들은 평생토록 그것을 배우지 못합니다. 물론 '배운다'는 표현이 이 경우에 얼마나 적당한지 모르지만 말입니다. 그리고 당신에게는 쓴다는 것이 중요한 것이 아닙니다. 당신에게 중요한 것은 펜으로 사람을 만날 수 있다는 사실입니다.

따뜻한 벽난로 옆에 앉은 당신 곁에는 지금 어떤 조각품들이 서 있습니까? 쭈그리고 앉아 있는 처녀 상에서 떼어낸 어린이 상입니까? 내가 그렇게도 좋아하던 소년 상은 이제 완성이 되었습니까? 당신이 그런 것들과 당신이 원하는 어떤 것에 대해 써 보낼 때마다 나는 무척 즐겁습니다.

나는 당신에게 감사하고 있으며 그 사랑스런 모든 것들과 함께 당신을 항상 생각하고 있습니다.

당신의 라이너 마리아 릴케

# 사랑하는 아내 클라라에게

(결혼 이후의 편지)

**1903년 4월 11일** 이탈리아 피사 근교 비아렛지요 플로렌스 호텔에서

　여기에서 또다시 불안과 공포로 가득 찬 하루를 보냈소. 바다 위를 휩쓰는 연이은 폭풍과 번개, 숲속의 밤, 세상을 뒤덮은 소음, 나는 오전 내내 숲속에 있었소.

　4,5일 간 햇볕이 계속해서 쨍쨍 내리쬐더니 이제는 숲속의 어둠과 바람이 상쾌하구려. 당신은 이 숲을 대단히 울창한 숲으로 연상해도 될 거요. 쭉쭉 뻗은 소나무 줄기들과 넓게 펼쳐진 가지들과 땅바닥은 침엽수들로 뒤덮여서 어두침침하지만 높이 자란 금잔화들이 만발해 있다오. 오늘은 금잔화의 노란색이 밤처럼 어둡고 선선한 숲속에서 빛나는 몸을 흔들며 윙크를 보내 주고 있구려. 숲은 아래쪽부터 밝아졌지만 매우 고요했다오.

나는 삼림욕을 하며 맨발로 몇 시간 동안 왔다갔다하면서 많은 것을 생각했소. 내가 기다리고 있던 당신의 편지와 거기에 담겨진 많은 아름다운 사연들도 생각했다오. 일요일이 아닌 월요일 일찍 쓴 당신의 편지를 말이오.

나로서는 많은 말 하고 싶지 않소. 당신이 모든 일에 옳은 판단을 하고 우리들에게 필요한 것이 무엇인지 잘 알고 있으니 나로서야 그저 당신의 말에 따르기만 하면 되지 않겠소.

사람은 누구나 자기 삶의 중심을 찾아야만 하며 거기서부터 힘껏 자라나가야 하오. 누구도 그럴 경우에 그 사람을 도와줄 수는 없다오. 특히 가장 가까운 사람, 가장 사랑하는 사람일지라도 그럴 수는 없는 것이오. 자기 자신조차 어찌할 수가 없기 때문이오. 결국 순수 같은 것이 문제가 되며, 그 자신으로부터 얻어진 사물을 깊이 바라보는 것이 중요한 거요. 마치 스케치할 때와 같이 눈길은 사물과 밀접하게 연결되어 자연과 혼연일체가 되면서도, 손만은 자기 길을 묵묵히 혼자서 가고 있는 것과 같은 거요. 가다가 불안을 느끼고 흔들리다가는 다시 고요해지고 기뻐하는가 하면 별처럼 바라보는 것이 아니라, 다만 빛을 내며 시야 속으로 깊이 사라져 가는 거요.

나는 항상 그렇게 내 작품을 만든 것 같소. 눈으로는 멀리 있는 사물들을 바라보면서도 손은 혼자서 자기의 일을 하고 있는 것과 같소. 또 당연히 그래야만 할 거요. 시간이 흐름에 따라 점차 그렇게 되기를 바라고 있소. 그러나 그렇게 되려면 나는 지금처럼 고독하게 있어야만 하오. 우선 나의 고독은 다시금 확고하고 안전한 것이 되어야만 하오. 원시의 숲처럼, 사람의 발걸음 소리를 두려워할 필요조차 느끼지 않아야 하오. 그 고독은 모든 악센트를 잃어야 하고 어떤 예외적인 가치나 의무감도 잊어야만 하오. 그리하여 고독은 자연적이며 일상적인 것이 돼야 하오. 그리고 나를 찾아오는 생각들이 아무리 잠깐이더라도, 아무도 없는 데서 나와 단둘이서만 만나야 하오. 그래야만 그 생각은 나를 믿으려 할 거요.

　　나를 고독에서 벗어나게 하는 것보다 더 짜증스런 일은 없다오. 언제나 그랬었지. 그러므로 이제 나는 밤낮으로 힘든 길을 가야만 하며, 가다가는 잘못되어 다시 돌아오기도 해야 하오. 그리하여 내가 길을 잘못든 그 교차로에서 다시 되돌아오게 되면 나는 거기서 또다시 나의 길과 작업을 시작하겠소. 단순하고 소박하게, 있는 그대로 다시 시작하는 거요. 이 점에 있어서 우리들이 서로 이해하고 뜻이 일치되면 나는 마음속으로 기쁨을 느끼게 된다오. 그렇게 되면 우리들은 마치 두 사람 모두 무한한 발전을 한 것 같은 느낌이 든다오. 우리들은 세계를 통해서 발전하고, 세계는 다시 우리들을 통해서 발전한 것 같은 기분이 드는 거요.

**1904년 7월 24일 스웨덴 브르게비에서**

내가 결코 게으름을 피우는 건 아니오. 나의 마음속에 태만이란 없소. 외부나 내부나 똑같은 여러 가지의 흐름이 지금 내 마음속에 흐르고 있다오. 아주 멋진 흐름이오. 나는 일기라고는 한 번도 쓰지 않았소. 앞으로도 써야 할 온갖 편지에서 해방되어 꼭 읽어야 할 책들을 읽고 싶을 따름이오. 매일 서너 시간씩 덴마크어를 공부하고 있는데, 그것도 대단한 일이라 시간과 정력이 필요하다오. 그런데도 나는 어떤 보이지 않는 기초 위에 나를 세우고 있다는 기분이 드는구려. 아니오. 그건 너무나 힘든 일이오. 언젠가는 당연히 그렇게 되어야 할 일을 위해 근본을 뽑아 버리거나 보수를 받거나 할 수 없는 눈에 띄지도 않을 일을 해 나간다는 것은 참으로 힘든 일이구려.

여기 형편을 얘기한다면, 탓할 일이나 후회될 일은 아무것도 없소. 내가 이 기간에 대해 명칭을 붙인다면 휴양의 시간이라고 하는 것이 좋을 것 같소. 그렇게 살아가고 있는데도 즐거움이란 것이 없고 해야 할 무엇인가가 부족하다오. 하나의 출구, 하나의 수확 말이오. 정신 집중을 하기는 어렵지만 그래도 자기 반성을 준비하고 있는 이 시기는 내게 아주 멋진 기간이 될 거요. 옛날에도 그랬지만 여름은 결코 나의 최고의 계절은 아니오. 언제 어디서나 여름은 싸워서 이겨야 할 계절인 듯싶소. 그러나 가을만은 금년에도 틀림없이 나의 계절이 될 듯하오. 만일 가을의 키 큰 단풍나무 곁에서 고독하고 건강하게 휴식을 즐기며 바닷가에 있는 내 방에서 지낸다면, 나의 생활에서 많은 것이 변화할 수도 있고 또한 많은 행운이 올 수도 있다고 생각하오.

페트리, 그 사람은 나도 알고 있소. 그 사람과 에드거 앨런 포에 대해 이상스런 대화를 나누던 기억이 나오. 특히 유머란 측면에서 볼 때는 우리가 극복하지 못한 오해도 있었지만 그 대화는 근본적인 것을 담고 있었소. 그 사람은 틀림없이 성장해 가고 있었소. 그렇기 때문에 그는 언제나 곤란한 형편에 놓여 있지만……. 그 사람이 여전히 곤란하다니 안됐구려. 몇 년 전부터 그 사람은 늘 그런 처지였지만 일부러 찾아 헤맨 것이더라도 그 곤란은 오히려 바람직한 것이오. 그 사람이 그 궁핍에서 빠져 나오지 않았으면 좋겠소. 음악가들은 그들의 예술로 쉽게 얻을 수 있는 해결 방법 때문에 출구가 많은 법이오. 다만 그들이 삶을 살아가는 데 있어서 베토벤이나 구도자로서의 바흐처럼 해결을 거부하고 경멸할 때만 그들은 성장하는 법이오. 그렇지 않으면 그들의 육체는 부피만 늘 뿐이오.

이 세상에 가득 찬 가치 없는 대화는 물론이고, 아주 적절한 대화까지도 쓸데없는 일로 여겨지는구려. 그래서 될 수 있으면 타인과의 대화를 피하고 있다오. 여기에 와서 어느 날 저녁에 몇 가지 중요한 얘기를 하고 싶은 유혹을 느꼈던 때가 있었는데 요즈음 새삼스럽게 생각이 나오. 여기에 체류하기 시작했을 때 노르린트(1879~1947, 스웨덴의 음악가)와 가졌던 지칠 대로 지친 대화 이후로는 자꾸만 그런 느낌이 든 다오. 얼마나 씁쓸하고 허탈했던지, 파티가 끝난 뒤에 느껴지는 그런 허망한 기분이었소. 그리고 얼마나 죄책감이 느껴지는지, 전에는 그런 느낌이 섬세하고 성숙하지 못한 대화로 인한 후회감에서 오는 줄로 믿었는데 그렇지가 않았소. 몰두한다는 것도 죄악이라는 사실에서 그런 느낌이 드는 것이라오. 근본적으로 인간은 자신의 훌륭한 말들은 아껴 둬야만 하오. 언어가 바로 생명이 돼야 하기 때문이오. 그것이 바로 이 세계의 신비가 아니고 무엇이겠소.

**1900년 12월 19일 밤** 카프리에서

크리스마스 이브에 편지를 읽을 수가 있을까? 그렇게 되려면 우선 그날 밤에 읽을 수 있도록 4일 전에 편지를 써야 하지 않을까? 나는 루트(릴케의 딸)에게 편지를 쓰는 것이 아니오. 그 아이에게 얘기를 해야 할 사람은 나나 당신이 아닐 것이오. 물론 당신은 지금 그 아이와 함께 크리스마스 트리를 쳐다보며, 그 아이의 곱고 부드러운 머리칼을 당신의 뺨에 느끼고 있겠지만 말이오. 당신이나 그 사랑스럽고 귀여운 아이에게는 무엇보다도 그 크리스마스 트리가 얘기를 들려줘야 될 거요.

만일 당신이 그 아이를 다시 쳐다보면 당신은 그 아이를 보다 가깝게 느낄 거요. 그 아이를 다시 잘 봐요. 어머니로서만이 아니라 당신이 일할 때의 그 진지한 눈으로 보도록 하시오. 그러면 당신은 아주 즐거워질 수가 있을 거요. 그런 눈에는 이 밤이 아주 완전하게 보일 것이고, 내가 거기에 없다는 사실이 낯설거나 불안스럽지도 않을 거요. 당신이 나를 느끼는 데 방해될 일은 아무것도 없소. 그렇지 않고 내가 정말로 그곳에서 당신들과 함께 있었다 해도 베스터베데에서 있었던 우리들의 첫 크리스마스 이브를 제외하고는 크리스마스는 언제나 내게는 참기 어려운 일뿐이었소. 비록 마지막 순간에는 다르지만 하나님이나 아실 수 있는 아주 멀고 먼 곳에서 홀로 고독하게 있는 것이 좋지 않았을까 하고 느꼈으니 말이오. 그날 저녁이면 가끔 당신의 얼굴과 마주치는 나의 시선은 무언가 어색함을 느꼈고 또 실제로 그랬었소. 그 시선은 고독과 자기의 손에 파묻혀 어둠 속에 더 오래 있어야만 하지 않을까? 그 시선은 자기 생각을 위해서만 거기에 있어야 하지 않을까? 그리고 생각에 잠겨서 한 조각 하늘과 나무 한 그루, 길 등 다른 무언가 단순함을 찾으며 무엇이든 시작할 수가 있어야만 했을 거요. 당신이 그 시선을 쳐다볼 때마다 그 시선은 아직도 어색한 상태에서 무언가 멍한 시선이 아니었소? 내부로 깊숙이 들어간 것도, 그렇다고 외부로 아주 나온 것도 아닌 반쯤 가려진 거울처럼 아직도 중간에 머물러 있는 시선이 아니었소? 그 시선 속에서 당신은 한 번도 위대한 믿음이나 전체적인 사랑을 보지 못했던 거요. 그 시선이 당신에게 완전히 되돌려지려면 앞으로도 많은 낮과 밤이 지나야 할 것이오. 그러나 그 시선은 지금 훌륭한 손들 속에 있어서 조금 더 계속되면 당신은 그 시선을 다시금 찾게 될 거요. 그렇게 되면 어느 때이든 성스러운 밤이 될 거요. 일 년 중의 어느 날에라도 말이오.

당신은 혹시 알고 있는지도 모르겠소. 나의 어린 시절의 크리스마스가 어떠했는지 말이오. 육군사관학교가 아무 기적도 없는 딱딱하고 고통스런 생활을 내게 믿게 해서, 부당한 현실 이외에는 가능한 것이 아무것도 없는 것 같던 때도 크리스마스는 실제로 존재했으며 온갖 소원들을 능가하는 만족을 지니고 다가왔었다오. 그러다가 바라지도 않았던 소망을 초월하고서야 크리스마스는 올바르게 시작되어 점점 넓어지다가 드디어 사라지게 되었다오. 날개를 펴고 너무나도 멀리 날아가서 모습조차 보이지 않게 되고, 거대하게 흐르는 빛 속에서 겨우 그 방향만 알았을 뿐이었소.

그래도 그 모든 것이 여전히 나에게는 힘을 갖고 있었소. 내가 우리 모두를 위해서나 루트를 위해서 성탄절의 밤을 밝힐 때마다 나는 어느 정도 나의 그런 행동을 경멸했었다오. 아무리 그것을 다시 만들어봐야 내가 알고 있는 기적과는 너무나 거리가 멀었기 때문이었고, 크리스마스는 나의 환상 속에서 너무나 크게 자라왔고 또 과거에도 언제나 그랬기 때문이라오.

나는 12일에는 오랫동안 앉아서 곰곰이 생각했소. 그 당시에 그렇게도 우리들의 마음을 흔들던 그 신비한 은혜의 시간을 생각해 보았소. 그러자 거실에 앉아서도 축제의 전날 밤이 다시 느껴졌고, 촛불을 켜놓은 채 새로움이 자라나는 새벽이 홍수처럼 다가오는 것을 느꼈소. 그리고 겨울의 햇빛 속에서 아침이 다가왔소. 아침은 완전히 새로운 질서와 끈기와 기대를 함께 간직하고 있었소. 그리고 가파른 산을 오르듯 오전(午前)이 가까이 오는 것이 무의식 속에서, 불가능한 것으로 느껴졌소. 그러면서도 이상하게 기적과 밀접한 연결이 되어 있어서 구별조차 할 수 없는 어떠한 현실이 느껴졌다오. 그 후에는 고통이 가라앉을 때마다 일종의 안도감이 서서히 퍼지며 나타났다오. 그 안도감은 전혀 다른 것이었고 뒷날에 가서야 정체를 드러내는 안도감 같은 거였소. 그 다음은 굳게 디디고 서 있을 수 있는 생명감이었소. 그런데 나의 내부에서 일어난 그런 고요가 없다면 나는 어떻게 되었을까? 현실과 기적이 하나가 된 경험, 내가 처음으로 자신을 잃지 않은 은혜의 일주일, 나도 알 수 없는 마음의 준비를 내 마음속에 일깨워 주는 소박한 봉사, 뜬눈으로 지새운 밤들이 없었다면, 도대체 나는 어떻게 되었겠소? 감긴 내 눈 위에 드리운 추운 겨울밤, 멀고 먼 별들이 감긴 눈으로 가까이 다가오는 밤, 나는 알 수 없는 새롭고도 가냘픈 소리까지도 분명하게 나타나는 고요가 있는 밤이면, 나는 그 밤을 뜬눈으로 지새웠다오. 그럴 때는 아무 일도 하지 않으면서도 나는 탐욕스럽게 그 열렬한 고요를 지키며 깨어 있었던 거요. 그러나 이제는 알고 있소. 그럴 때에 무언가 나에 대한 일이 이루어졌다는 것을. 거목이 될 묘목처럼 나는 작은 화분에서 뽑혀져 나와서 조심스럽게 흙이 털리고 뿌리에 햇빛을 받으며 결국 나의 수명이 다할 때까지 서 있게 될 크나큰 현실적인 대지로 옮겨졌던 거요.

그때야 비로소 내게도 크리스마스가 여전히 남아 있다는 것을 알아차렸소. 그것은 옛날에 있었다가 사라진 것이 아니라 영원히 계속되는 영원한 크리스마스요. 이런 모든 것으로부터 내게도 이번 크리스마스는 다시 한 번 고독하게 불안이나 슬픔을 느끼지 않고 지낼 수 있는 힘이 생겨났던 거요. 더 이상 쓰지는 않겠지만 당신도 그것을 느끼게 되기를 바라고 있다오.

**1907년 10월 9일** 파리에서

……오늘은 당신께 세잔느에 대한 이야기를 조금 하고 싶소. 작품에 관한 한 그는 자기의 칠십 평생을 방랑자로 살아왔다고 주장했소. 그 사람은 피사로와 사귀고 나서부터 처음으로 그림에 대한 취미가 생겨났던 것 같소. 그리고 그 이후의 30년 간을 오로지 창작에 바쳤던 거요. 아무런 즐거움도 없이, 자기 작품 한 점 한 점과의 무서운 갈등과 분노 속에서 살아갔소. 그의 작품은 어느 하나도 만족스럽지 못했다오. 작품이란 이 세상에 반드시 존재해야 할 무엇이 되어야 한다고 여겼던 거요. 그는 그것을 사실화라고 불렀는데, 그 이름을 루브르 미술관에서 보았던 베네치아 학파에서 찾아냈소. 그 이후로도 그는 여러 번 그 작품들을 보고 또 보았다오. 이해가 가도록 사물화하며 자기의 독특한 체험을 통해 파괴할 수 없이 높아진 현실, 그것이 바로 그의 마음 밑바닥에서 울려오는 작품의 질이었던 것이오. 그 사람은 늙고 병들어서도 매일 규칙적인 일과를 지켰고 밤마다 실신할 정도로 기진맥진했소. 일에 몰두하다가는 새벽 6시에야 정신없이 저녁 식사를 마치고 잠을 자기 시작했던 거요. 악의와 의심에 차서 자기의 화실로 갈 때마다 스스로를 조소하고 학대했다는 거요. 그러나 일요일 하루만은 조용히 쉬면서 어린애처럼 미사와 만종을 들었고, 가정부 브레몽 부인에게 좀더 입에 맞는 식사를 준비해 달라고 정중

히 부탁하기도 했다오. 그러면서도 그는 날마다 자기가 본질적이라고 느끼고 있는 성공을 바랐을 거요. 그 사람은 자기의 작업을 고집스럽게 끌고 갔소. 자연이나 풍경을 묘사할 때도 그 대상을 복잡한 우화로 받아들였던 거요.

푸른 사과들이 뒹구는 자기 화실에서 우왕좌왕하거나 절망에 휩싸여 공원에 앉아 사방을 둘러보기도 했소. 그의 눈앞에는 그 작은 도시의 교회들이 무심하게 펼쳐지고 있었소. 그 도시는 얌전하고 착한 시민들의 도시였고, 그와 같은 사람에겐 어울리지 않는 도시였소. 그는 자기 아버지와 마찬가지로 처음에는 모자 만드는 장인이었으나 자기는 다른 사람이 되리라는 것, 끝내는 보헤미안이 되리라는 사실을 자기나 자기 아버지도 믿고 있었다오. 어느 곳에나 정착할 수 없는 예술가의 신세가 비참하다는 것도, 그러다가 결국은 비참하게 일생을 마치리라는 사실도 그의 아버지는 알고 있었소. 그렇기 때문에 아버지는 아들을 위해 모든 것을 바치기로 하고 금융업자로 직업을 바꿨던 거요. 세잔느 자신의 말처럼, 그 아버지는 성실하고 정직한 분이었으므로 사람들은 모두 그분에게 돈을 맡겼다오. 세잔느가 처음부터 아무 걱정 없이 조용하게 그림만 그릴 수 있었던 것은 모두 아버지의 배려 때문이었소. 그는 아버지 장례식에 참석하러 돌아왔으나 바로 떠나고 말았소. 어머니를 사랑하지 않는 것은 아니었지만 그때는 일이 그 무엇보다 중요했기 때문이오.

그는 파리에서 유명해졌고 그의 명성은 점점 높아져 갔소. 그러나 자신이 애써서 얻으려고 하지 않은 그런 출세에 대해 불신을 갖고 있었다오. 출세란 언제나 다른 사람들이 시켜주는 게 아니겠소? 그의 추억 속에는 어린 시절부터의 고향 친구였던 졸라에 대한 영상이 떠올랐소. 졸라는 모르고 있었지만 발자크는 이미 내다보고 있었던 거요. 그 화가에게서 지금까지 누구도 이루지 못했던 어떤 위대한 걸작이 나타나리라는 사실을 말이오.

밤새 갈등과 고통으로 괴로워하던 노화가는 아침이 되면 다시 정신을 차려 여섯시면 일어나 화실로 가서 열시까지 일을 하다가 다시 식사하러 돌아오고, 식사가 끝나면 화실로 되돌아가곤 했다오. 어떤 때는 화실을 지나서 30분 정도쯤 더 걷기도 했소. 성 빅토리아 산이 우뚝 솟은 계곡에 앉아 여러 시간 동안 주제를 찾느라 고심하기도 했다오. 그의 말투에는 때때로 로댕을 기억나게 하는 점이 많다오. 그의 옛 도시가 파괴되고 일그러진다고 투덜거릴 때는 특히 그러했소. 로댕이 자기를 어떤 객관적인 강건함으로 이끌어간 반면, 병들고 고독한 그 노인에겐 분노만 덮쳐왔다는 것이 다를 뿐이오. 밤이면 화가는 집으로 돌아오면서 도시가 변화된 데 격분했고 그런 분노로 지쳐 있다는 것을 알면서 스스로 다짐했다오. 집에 있겠다, 일만 하겠다, 하고 말이오.

그 작은 도시에서의 그런 변화 때문에 결국 그곳을 떠나야겠다고 결심을 하게 되었소. 점점 더해 가는 세상의 불분명한 변화와 무관심과 비웃음과 무서움에 떨면서도, 이 노인은 갑자기 일에 파묻혀서 40

년 전 파리에서 그렸던 옛날 스케치에 의해 나체화를 그렸다오. 그 소도시 엑스에서는 모델을 구할 수 없다는 사실을 알았기 때문이오.

그는 이렇게 말하고 있소. 기껏해야 50대의 모델이나 구할 수 있겠지. 이 도시에선 내가 찾는 모델은 절대로 얻을 수 없어. 그래서 그는 옛날에 그려놓은 스케치에 따라서 그렸던 거요. 가정부 브레몽 부인이 어느 날엔가 잊고 그냥 두었던 사과 한 알이 침대 위에 놓여지고 그가 방금 찾아낸 포도주 술병 한 개가 그 사이에 세워졌소. 반 고흐의 천사상을 그런 물건으로부터 만드는 거요. 그리고 그것들을 정복해서 온 세계와 모든 영광을 의미하도록 아름답게 그려내는 거요. 그러면서도 그것들이 자기를 위하게 될지는 모르고 있다오. 그리곤 그 늙은 개, 일에 굶주린 그 늙은 개는 정원에 나와 앉는 거요. 일이 다시금 그 개를 불러내서 때리고 굶주리게 할 때까지 말이오. 그런데도 이 개는 이해할 수 없는 주인에게 충성을 바쳤다오. 그 주인은 일요일에야 겨우 옛날 주인처럼 하나님에게 잠시 동안 보냈다가 다시금 끌고 가는 거요. 밖에선 사람들이 세잔느를 부르고 멀리 파리에서는 친구들이 그의 이름을 쓰면서 자랑을 하고 있다오.

나는 이 모든 얘기를 당신에게 들려주고 싶소. 그것은 여러 가지 점에서 우리와 비슷하며 공통점이 수백 가지도 넘기 때문이오.

밖에서는 전보다 비가 더 세차게 내리고 있다오. 내일은 다시 내 소식을 쓰겠소. 내가 오늘도 내 얘기를 했다는 사실을 당신은 알고 있겠지…….

**1907년 10월 10일** 파리에서

……그 동안 나는 또다시 세잔느의 그림 전시장에 갔었소. 어제 편지로 아마도 내가 그러리라는 짐작을 했을 거요. 오늘도 그림을 한점 한 점씩 감상하면서 두 시간이나 보냈소. 내게는 무언가 도움이 되는 것 같구려. 당신에게 그 이유를 설명해야겠소. 한마디로 설명할 수는 없지만, 세잔느의 그림을 두세 점 잘 골라서 감상하면 그의 그림 전부를 이해할 수 있다오. 그렇게 되면 어느 그림을 보든 내가 왜 그다지도 거기에 미쳐 있는지 알게 될 거요. 그러나 그렇게 되기까지는 오랜 시간이 필요하오. 그 그림들이 전에는 무명화가의 이름을 달고 진열됐을 때, 사람들이 얼마나 낯설고 불안해했을지 알고 있다오. 그 다음에는 오래 걸리지 않았소. 갑자기 사람들은 올바른 안목을 갖게 된다오. 이렇게 설명하느니 차라리 당신이 여기에 직접 와 보는 것이 좋겠소. 마네의 그림이 놓여 있던 자리에 있는 나체화의 푸른 화폭 앞으로 걸어가 봐요. 그건 말로 설명할 수 없는 최고의 표현으로 이루어져서, 오랜 시도와 좌절 끝에 성공한 작품이오. 모든 수단과 방법이 동원되어 성공을 이룬 거요. 사람들은 거기엔 아무것도 없다고 생각하고 있소. 나는 어제도 오랫동안 그 앞에 서 있었소. 그런데도 세잔느는 밑에서부터 다시 시작해야만 했던 거요.

다음에 소식을 전할 때까지 안녕.

**1909년 12월 10일 파리에서**

루트의 생일 선물로 보내는 그림책은 정말 좋은 것이오. 처음에는 너무 유치하지 않을까 하는 생각이 들기도 했다오. 그림 밑에 설명하는 글이 너무 적었기 때문이오. 그런데 이 얼마 안 되는 글자도 아주 큰 글씨로 씌어 있어서 책장을 넘기면 그냥 읽을 수가 있다오. 정말 재미가 있었소. 그래서 어제도 그걸 들여다보면서 한 시간이나 보냈다오. 오늘은 거기에 푹 빠져 버렸소. 예를 들면 어린 요헨에 관한 것인데, 그 애는 놀이를 하다가 울면서 돌아가는 거요. 얼굴과 손과 에이프런 따위가 정말이지 슬퍼 보이오. 처음에 오리 한 쌍이 그 애를 만나서 놀리는 거요.

돼지라도 머리를 흔들고
피하면서 말하겠다.
피! 요헨아, 넌 더럽구나.
난 그렇게 더럽지는 않단다.

그 책을 손에서 놓기가 어렵다는 사실을 당신도 알 거요. 그림들도 아주 그럴듯해서 거기에 나오는 여러 가지 물건들이 모두 루트 것과 비슷하다오. 구두니 붉은 털을 댄 랄강 모자 따위가 그렇소. 그리고 어떤 시 속에 나오는 어린 소녀는 이름도 같더군. 그 애도 그 책을 좋아하겠지. 그 책은 예쁘게 포장되어 지금 파리에서 그곳으로 가고 있는 중이오.

어머니께서는 언제나 옷 때문에 내게 편지를 보냈었지. 그러나 나는 당신이 루트에게 손수건을 선물했으면 좋겠소. 그렇게 생각지 않소?

# M백작 부인에게

1921년 3월 10일 스위스 베르크 성에서

벌써 오래 전에 편지를 했어야 했는데, 부인의 편지를 받은 지 벌써 두 달이나 넘었습니다. 그러나 나는 견디기 어려운 압박 밑에 살고 있어서, 편지를 써봐야 내용이 이상하게 됐을 것입니다. 오히려 이렇게 말할 수 있습니다. 부인이 미리 내다보고 나에게 경고해 주었던 일은 일어나지 않았습니다. 당신은 일을 할 때면 사람에게 덮쳐오는 그 초조한 선택의 강박에 대해 내게 미리 경고해 주셨습니다. 그러나 그것이 아닙니다. 나를 위로하려고 당신은 이렇게 썼습니다. "당신의 작품은 그 작품이 나오고 싶어할 때 나옵니다" 그런데 새해 초에 그런 순간이 왔던 것입니다. 그러나 바로 그 순간에 사정이 달라졌습니다. 급박하고 어려운 사정이 생긴 것입니다. 그 사정은 나의 전부를 필요로 했고, 어쩔 수 없이 모든 것으로부터 손을 떼게 했습니다. 이제 막 시작하려는 때였고, 이곳 사정이 말할 수 없이 좋아져서 모든 준비를 갖추고 있는 때였는데 그렇게 되었습니다. 불운입니다. 뮌헨에서 내가 막 일을 시작하려고 했던 그 당시와 다름없는 불운입니다. 그러나 그 때는 그에 대한 반발로 나 자신을 생각해 보거나 정신을 집중할 계기가 되었으나 이번은 그렇지도 못합니다. 너무나 지독스러워서 아무리 거부해 봐야 소용이 없답니다.

누구나 결국은 살아가면서 갈등을 경험하는 법입니다. 그 갈등은 언제나 다른 모습으로 엉뚱한 곳에서 나타납니다. 그러나 지금 나의 갈등은 순수한 의미에서 일과 생활과의 화해를 어떻게 이룰 수 있을까 하는 것입니다. 예술가의 일이 문제시된 곳에서는 어느 곳이든 이 두 개의 방향, 일과 생활이란 방향이 서로 나뉘게 마련입니다.

대부분의 사람들은 생활을 가볍게 받아들여서 스스로 도움을 받습니다. 말하자면 생활이란 손으로부터 자기가 필요로 하는 것만을 빼앗거나, 생활의 가치를 술 취한 상태로 만들어서 그 몽롱한 영감을 재빨리 예술 속으로 옮기면서 말입니다. 또 어떤 사람들은 생활로부터 몸을 돌리는 것 이외에는 별다른 방법이 없습니다. 욕망을 누르는 방법이죠. 이 수단은 생활이 예술에 유리하도록 탐욕스런 사람들이 쓰는 술 취함의 수단보다는 훨씬 순수하고 진실합니다. 그러나 이것 역시 생각할 필요가 없습니다.

근본적으로 따져 보면, 나의 창작품은 삶에 대한 직접적인 감탄과 그것에 대한 일상적이고 무한한 놀라움에서 나오는 것이므로, 나는 나에게 다가오는 것을 언제나 받아들여야 합니다. 그렇지 않고 내가 어떻게 작품을 쓸 수가 있겠습니까? 나에게 다가오는 것을 거부한다는 것도 결국은 예술 속에서 엄격하게 표현되어야 합니다. 예술이란 비록 숨어 있기는 하지만 그런 거절을 통해 많은 이득을 보고 있습니다. 그러나 일상에서 오는 것을 거부하고 삶에 대해서 불신과 겁먹은 태도를 갖는다면, 예술이란 이 민감한 영역에서 누가 마음을 터놓고 긍정할 수 있겠습니까? 이렇게 해서 사람들은 비록 느리기는 하지만 생활이란 것을 배우는 것입니다.

로댕은 일생 동안 그것을 생각했습니다. 가끔 아침 5시에 그분이 정원에 서 계신 것을 보았습니다. 세느 강의 가을 안개 위로 돌출한 언덕들을 생각에 잠겨서 바라보곤 했습니다. 그리고 깊이 생각하십니다. 무엇 때문에 나는 지금 이것을 한탄하는가? 이 아침은 무슨 의미를 가지는지……. 일 년 뒤에도 그분은 그것을 몰랐고 알 도리도 없었습니다. 그분의 정신적 수준에 훨씬 미달하는 영향과 운명이 온갖 혼란으로 그분을 에워싸고 있었기 때문입니다. 그런 상황에서는 어떤 훌륭한 것도 설명될 수가 없을 것입니다. 나는 나의 침묵에 대해서만 설명하고 싶을 뿐입니다. 내가 지금 어떤 상태에 빠져 있는지……. 당신의 우의에 대해 진심으로 감사를 드립니다.

당신의 릴케

## 1924년 8월 9일 스위스 뮈조트 성에서

M백작 부인이 나의 그 어려운 책들을 그렇게 생생하고 직접적으로 이해할 수 있어서 기쁩니다. 시가 지닌 피할 수 없는 난해함에도 불구하고 그것을 이해한다는 것은 어려운 일입니다. 그런 난해함은 시의 어두운 음색 때문이 아니라, 엉킨 나무 뿌리처럼 실마리가 숨겨져 있기 때문입니다.

부인이 아무 도움도 받지 않고 그렇게 많은 것을 이해할 수 있었기 때문에 우리 두 사람이 그렇게 애쓰던 우리들의 재회가 이루어진 기분이 듭니다. 그러나 누가 그 비가와 소네트가 갖고 있는 예술적인 중심에까지 깊이 들어갈 수 있을지 그렇게 쉽게 단정할 수 없는 일입니다. 창조하는 사람의 입장에서는, 무미건조한 일상 생활에서 자기 자신의 존재와 같은 본질을 느끼기가 어렵습니다. 그런 시들이 나왔다는 것은 일상 생활이 갖는 주변적이고 평범한 것에서 벗어나는 것이며, 일상 생활로부터 보다 큰 것과 쓸모 있는 것이 얻어지고, 자기도 어떻게 되는지 모르는 채 시가 나오기 때문입니다. 일단 그렇게 되고 나면, 사람들은 또다시 일반적이고 맹목적인 운명 속으로 빠지게 됩니다. 그러므로 위대한 예술의 성과는 그 예술이 가진 최후의 성공에 도달할 수 있는 능력이 있는 사람을 위해서는 영예인 동시에 굴욕입니다.

물론 시는 우리에게 부족한 자유의 분위기를 자기 주위에 가지고 있습니다. 시는 이웃이 없습니다. 있다면 그 시와 똑같은 가치가 있는 다른 예술뿐입니다. 그러나 시와 다른 예술 사이에는 별이 반짝이는 하늘과 비슷한 커다란 공간이 있습니다. 어마어마한 거리와, 보다 높은 질서의 보이지 않는 운동이라고나 할까요.

　우리가 여태까지 자라온 질서를 파괴한 그런 놀라움 아래에서 모든 것은 어떤 상태로 남아 있습니다. 나는 때때로 생각해 봅니다. 얼마나 많은 자연스러운 것과 당연한 것들이 오늘날에는 나타나지 않고 있는지 모르겠습니다. 세계는 결함 투성이며, 우리가 호흡하고 있는 대기는 오염된 공기로 가득 차서 그럴까요? 정상적인 진행 과정을 통해서 이루어질 수 있는 많은 것들도, 이제는 이루어지려면 많은 노력이 필요합니다. 그런 세상은 너무나 뒤틀려 있습니다. 우리에게 당연히 나타나야 할 최상의 것도 이미 일그러졌기 때문입니다.


　　　　　멋진 여름을 즐기기 바라며 진심 어린 우정으로.
　　　　　　　　　　　　　　　　　　　당신의 릴케

# 파울라 베커에게

……내 곁에 있는 모든 것은 이미 준비를 갖추고, 당신이 내게 선사한 가을을 맞아들일 준비를 갖추고 있었습니다. 당신의 풍요한 가을의 모든 것을 위해 자리가 미리 정해져 있었습니다. 밤알로 엮어서 만든 목걸이를 위해서도 그랬습니다. 단지 그 목걸이는 벽에 걸려 있는 것이 아니라 묵주처럼 되어 있어서, 나는 가끔 그것을 손가락으로 넘기곤 합니다. 사람들이 그런 묵주를 넘길 때에는 구슬 하나하나마다 일정한 기도를 반복하도록 되어 있습니다. 나는 밤알을 넘길 때마다 당신과 클라라 베스트호프와 관련된 사랑스러운 것을 생각하면서 종교를 믿는 사람처럼 경건한 규칙을 흉내내고 있습니다. 다른 것이 있다면 밤알이 너무 적다는 점입니다.

11월 초순은 내게 언제나 가톨릭적인 날들입니다. 11월 2일은 영혼을 위로하는 날입니다. 이날 나는 16,7세가 될 때까지 항상 공동묘지의 낯선 무덤이나, 친척과 선조들의 무덤 옆에서, 나날이 길어지는 겨울밤에 깊은 생각을 하면서 지냈습니다. 그럴 때 나는 이런 것을 생각했습니다. 우리들이 살아가고 있는 시간이란 그 누군가가 죽어가는 시간이며 살아 있는 사람들의 시간보다 죽어 가는 사람들의 시간이 더 많다는 것입니다. 죽음이란 무한히 많은 숫자가 새겨진 글자판을 갖고 있습니다.

　그런데 몇 년 전부터는 그날이 되어도 무덤도 찾지 않습니다. 다만 반제에 있는 하인리히 폰 클라이스트(독일의 위대한 작가)의 묘지를 찾을 뿐입니다. 그 사람은 11월 말에 야외에서 죽었습니다. 나뭇가지들이 떨어져 내리는 텅 빈 숲속에서 두 발의 둔탁한 총성이 울려 퍼졌던 것입니다. 그 총소리는 다른 것과 거의 구별되지 않았을지도 모릅니다. 차이가 있었다면 좀더 세차고 짧으며 긴박한 것이었다는 점일 겁니다. 그렇지만 고요한 대기 속에서는 모든 소음이 비슷하며, 떨어지는 낙엽에 부딪혀 소리가 줄어듭니다.

　이것은 당신을 위한 편지도 아니고, 나를 위해 쓴 편지도 아닙니다. 그것을 나는 알고 있습니다. 당신을 그리워하고 있습니다. 안녕!

　　　　　　　　　　　　　　　　　　　　　당신의 R.M.R

추신 : 다음에는 〈너 창백한 아가야, 매일 저녁……〉이란 시를 베껴서 당신에게 보내 드리겠습니다. 만일 당신이 이 시를 갖고 있지 않다면 그 어디에도 없을 것입니다. 그것은 바로 지금 이 시간에 당신에 의해서 생겨난 시이기 때문입니다. 클라라 베스트호프와 그녀의 자매 밀리와 헤르마에게 안부를 전해 주십시오. 그리고 이 편지에 대해 너무 화를 내지 마십시오. 곧 다른 편지들을 보내도록 하겠습니다.

# 엘리자베스 셍크에게

당신의 편지를 읽을 때마다 기뻤습니다. 그리고 언제나 즉각 답장을 썼습니다. 이번에도 역시 그렇게 하고 싶군요.

당신의 소질로 미루어 보아 당신은 훌륭한 화가임에 틀림없습니다. 편지를 쓰면서도 당신은 모든 것을 위해, 순수하고 힘찬 기본색을 쓰면서 분명하게 표현하기 때문입니다. 그림은 그만두고라도 인생이란 것을 그 큰 기본 색상 속에서 단순하게 이해할 수 있는 당신의 능력이 오히려 다행스럽게 여겨집니다. 순수한 태양빛을 형성해주며 당신으로 하여금 그 태양빛의 통일과 열기 속으로 들어가게 하는 것은, 오로지 수정체처럼 모든 것이 하나로 뭉친 체험 때문인 것이 틀림없습니다.

당신의 누이동생이 떠났다는 사실은 당신 이상으로 나를 감동시켰습니다. 당신은 아직도 그 영향을 받고 있군요. 서로 사랑하는 사람들은 서로를 필요로 하기도 전에 왜 이별을 하는 건가요? 아마도 어느 순간 그럴 만한 이유가 나타나기 때문이겠지요. 그렇지 않다면 함께 있다는 것과 서로 사랑한다는 것은 일시적인 것이 아닐까요? 그리고 긍정을 하든 부정을 하든, 각자의 가슴속에는 이런 믿음이 숨어 있기 때문이 아닐까요? 중심을 잃고 하나님에게 받아들여지고 조종을 받아야 할 때는 결국 어쩔 수 없이 고독하다는 믿음 말입니다. 각자의 마음속에서 이렇게 볼 수 있도록 해주는 죽음의 시간도 결국은 우리들의 시간이며 그것은 예외가 없습니다. 우리의 본질은 끊임없이 강하게 변화되고 있으며 죽음이 지닌 어떤 새로운 것보다 결코 못하지 않습니다. 우리는 그런 이상한 변화를 하다가도 어떤 특별한 시점에 와서는 서로 어쩔 수 없이 자기의 갈 길을 가야 합니다. 우리들은 그런 순간에 서로를 포기하고 속수무책이 되어 그것을 돌이킬 수가 없습니다. 지금 내가 이런 얘기들을 마치 내 글이 의미하는 것이 얼마나 고통스러운지도 모르면서 외국어로 쓰듯이 쓸 수가 있다고 해서 놀라는 것은 아닙니까? 그것은 이런 두려운 진리가 결국은 가장 결실이 풍성하며 우리에게 진실된 것이기 때문입니다.

인간이 진리와 함께 있는 한, 진리는 결코 그 자신의 엄격한 고귀함을 잃지 않습니다. 사람들은 울면서 진리에 매달리고 진리를 덮어주며 진리를 피하지 않는 법입니다. 진리가 가진 엄격함과 어려움에

대한 믿음이 나날이 쌓여, 사랑하는 사람들에게 필요한 고독의 감정
으로 애인에게 향하게 됩니다. 그리고 슬픔과 눈물을 통해 부정한 일
이 일어나지 않으리라는 것을 알게 됩니다. 심지어 사람들은 사랑이
란 감정조차도 고독하게 서로 떨어졌을 때만이 발전되고 완성시킬
수 있다는 사실을 알게 됩니다.

　인간은 서로를 연결시키는 감정 속에서 자기의 마음을 사로잡아
커다란 즐거움을 가지려 합니다. 그리고 그의 이별의 감정 속에서 사
랑이 일상적인 것이 되며 상대방에 대한 크고도 대담한 욕구라는 문
제를 끊임없이 만들어냅니다. 사랑하고 있는 사람들은 끝없는 위험
을 불러오지만 감정을 망가지게 하는 작은 위험에 대해서는 안전합
니다. 그들은 언제나 영원한 것을 바라고 기대하기 때문에, 아무도
상대방에게 부당한 짓을 할 수가 없습니다. 그 반대로 그들은 서로에
게 무한한 공간의 자유를 줍니다. 신을 믿는 신자들이 언제나 그의
가슴으로부터 가득한 신앙심을 불러내듯 말입니다. 슬기로운 애인은
조심스럽게 자기를 드러내지 않기 때문에, 개개인에게 깃들인 신에
대한 사랑을 즐거움의 순간으로 이끌어 갈 수도 있습니다. 그러나 사
랑의 본질에 의해서 볼 때, 그것은 여전히 노동으로 남습니다. 너무
나 어렵고 힘든 품팔이꾼의 노동입니다.

　만일 당신이 외롭지도 절망적이지도 않은 만족스런 사랑을 얻게
된다면, 그런 사랑이 진정한 사랑이라는 사실을 알게 될 것입니다.
이제 나의 결론은 끝나게 됩니다. 이것이 바로 사랑하는 인간들이 서

로를 떠나는 원인이 아닐까요?

용서하십시오. 너무나 속 편한 말이 된 것 같군요. 이제 나는 당신을 느닷없이 냉랭하고 풀 한 포기 없는 산 정상으로 끌고 올라왔습니다. 그러나 당신의 질문에 대해 나의 모든 관계 속에서 대답하려면 멀리까지 올라오지 않을 수 없었습니다. 모든 판단을 뛰어넘어 존재하는 관계 속에서 말입니다. 마치 우리들을 이해하지도 않으면서 우리들을 붙잡고 도와주고 있는 자연이 존재하듯이 말입니다.

그곳에는 내가 모르는 어떤 것이 있습니다. 당신은 알고 계십니까? 어떻게 젊은 처녀가 낯모르는 병자를 간호하기 위해 떠날 수 있습니까? 나는 그 사실에 아무리 경탄해도 부족할 것 같은 기분입니다. 그런 믿음 속에는 무언가가 있어서 나를 가로막고 있습니다. 그런 결심을 하게 한 것은 죄 많고 불안한 우리들의 시대 때문입니다. 생각해 보십시오. 박물관에 있는 위대하고 값비싼 예술품들이 어느 누구에게도 소속되지 않는다는 사실을 느낄 때 나는 감동받습니다. 그런 예술 작품들은 모든 사람에게 속한다고 말할 수 있습니다. 그러나 그런 평범한 얘기에 도저히 수긍할 수가 없군요. 도대체 믿을 수가 없습니다. 정말로 값있는 것들은 여러 사람의 손으로 들어가야 할까요? 들판에서 향수병을 열 때 내가 어찌할 도리가 없는 것과 마찬가지입니다. 향수 냄새는 대기중 어디엔가 틀림없이 존재하고 있지만, 흩날리어 쏘는 듯한 향기는 이미 우리들의 감각에서 사라진 것이나 다름이 없습니다. 내 얘기의 의도를 당신이 알고 있는지 모르겠습니다.

당신이 알고 계시는 로댕은 때때로 나를 찾아옵니다. 여전히 잘 지내고 계시지만 그분의 얼굴은 몇 년 전에 당신이 처음 볼 때와는 다릅니다. 지금은 가끔 피곤에 지친 얼굴이며, 그분에게는 여태까지 찾아볼 수 없었던 슬픈 표정이 모여 있습니다. 뭐라고 표현해야 좋을지 모르겠습니다. 신들과 하늘까지도 그 속으로 빠져들었다가 결국은 지상으로 돌아오는 고대적인 의미로서의 슬픔이라고나 할까요?

당신이 카프리의 신부님을 가끔 만나고 마음속으로 진지한 존재의 떨림을 느끼고 계시다니 기쁩니다. 그분은 언제나 내적으로 풍요한 발전을 하고 계시는 분이며, 그 당시 카프리에서도 그분은 정직한 사람들을 실망시키지 않으셨습니다. 그분은 쓰지 않고는 견딜 수 없다고 느끼지 않으면 절대로 책 따위를 쓰지 않는 분일 겁니다. 그런데 이제 그런 필요가 현실이 되었습니다. 그 책이 언제 햇빛을 보게 될까 하는 것은 중요하지 않습니다. 출판할 수 없는 책이 씌어졌다는 것보다는 소유할 수 없다는 사실이 내게는 가장 중요하고 결정적인 것으로 보입니다. 내가 아비뇽에서 지냈던 이상한 일은 아직 얘기하지 않았습니다. 그 성스러운 도시는 내게 이상야릇한 인상을 주었습니다. 그러나 지금 다시 그 얘기를 시작할 수는 없을 것 같군요.

다시 한 번 어제의 편지에 대해 감사를 드립니다. 나는 진심으로 그것에 보답하겠으며 언제나 성실하게 대해 드리겠습니다.

당신의 R.M.R

# 릴리 칸니츠 메나르 백작 부인에게

**1910년 9월 7일** 야노비치 성에서

부인이 나처럼 그토록 오랫동안 답장을 기다려서야 되겠습니까? 3일 전에 도착한 당신의 따뜻한 편지에 대해 우선 답장이라도 하겠습니다. 우리들의 사랑하는 말테(『말테의 수기』 주인공)는 당신에게 즐거움을 주었으며 당신과 가까워졌습니다. 진작에 그랬어야 했습니다. 그러나 언제나 그를 믿고 그에게 많은 것을 기대하고 있는 당신에게 그가 해줄 수 있는 것은 당신이 생각하는 것 이상입니다. 나로서는 이 책이 이 세상에 존재하고 있다는 생각만으로도 안도의 숨을 내쉬게 된답니다. 그 책은 마땅히 존재해야만 했고 그렇게 되도록 할 의무가 나에게 있습니다. 내게는 선택의 여지가 없습니다. 이제 나는 일을 끝내고 난 뒤의 라스콜리니코프와 비슷한 기분입니다. 결과는

158

어떻게 될지 모르겠습니다. 내가 이 책을 썼다는 사실을 생각할 때 약간 무서워지기까지 합니다. 거기에 쏟은 정력이 얼마였던가 하고 스스로에게 물어 봅니다.

나는 예정대로 파리에 있었습니다. 매년 여름과 마찬가지로 일을 계속하려고 했으나 그렇게 되지가 않았습니다. 그래서 나는 포기해야만 했습니다. 건강 탓도 있었고 또 이런 이유도 있었습니다. 『말테의 수기』는 대작이었는데, 마치 아무 일도 없었던 것처럼 계속 다른 것을 써 나갈 수는 없을 것 같은 생각이 들었기 때문입니다. 말하자면 그 작품으로 인해 여러 가지 것이 일어났던 것입니다.

얼마 전 나는 결심을 굳히고 파리를 떠났습니다. 몸이 불편해서 4주일이나 오버노이란트에서 클라라와 루트 곁에 있었습니다. 친구들이 나를 만나보고 싶어한다기에 보히미아 쪽으로 가는 도중이었습니다. 4주 동안 프라하 건너편에 있는 라우트신의 탁시스 백작 부인 댁에서 머물렀습니다. 약간 외진 그 성에서 세 명의 젊은이들과 함께 생활했습니다. 최근에 홀몸이 된 자매들이었죠. 공원의 나무들 위로는 보히미아의 대지가 수수하면서도 독특하고 친절한 모습으로 넓게 퍼져 있습니다. 사람에게 아무것도 요구하지 않는 그런 모습입니다. 나는 점차 이 지방의 관대함과 그 지방 특유의 단순한 동물 같은 친절함이 나의 마음을 사로잡은 사실을 알아차렸습니다.

나는 아직도 앞으로의 계획을 세우지 못하고 있습니다. 부인은 론도루프에 얼마나 오래 계시려는지요? 키싱겐 이후로 논나는 어떻게 지내고 있습니까?

　클라라도 잘 있고 루트는 이제 내게 귀여운 친구가 됐습니다. 우리들은 이번 기회에 서로 더욱 견고히 맺어졌던 것입니다. 안녕히 계십시오. 변함 없는 우정을 갖고.


　　　　　　　　　　당신의 라이너 마리아 릴케

# 아델하이드 폰 마르비츠에게

당신의 편지가 내게 준 즐거움은 여러 가지였습니다. 우선 그 중에서 몇 가지라도 말하도록 하겠습니다. 그 중 하나는 우리가 지금 무엇보다도 상대방에게 다음과 같은 사실을 알게 해준다는 즐거움입니다. 사람들은 어디에서나 그들의 마르지 않은 마음과 신념과 최선의 노력으로 삶을 다시 세우기 시작했다는 사실입니다. 외로움으로 세상을 바라보는 사람은 다른 많은 사람들처럼 강하고 맑은 자연 속에서 마음의 준비를 갖추고 미래를 향해 발전해 나가는 것입니다. 우리들은 희망을 가지고 미래를 변화시킬 뿐만 아니라 과거까지도 우리 내부에서 변화시키고 슬픔으로 녹아 없어지게 합니다. 그러면서도 우리들은 그 슬픔의 정체가 어떤 것이며 우리들의 혈액 속에 얼마나 녹아 있는지를 모르고 있습니다.

죽음이란 결코 살아남은 자에 대한 삶의 방해가 아닙니다. 죽음의 본질은 결코 우리들과 대립적인 것이 아니라 오히려 눈에 보이는 순간을 살고 있는 우리들보다는 아는 것이 많은 존재이기 때문입니다. 저는 언제나 이런 생각을 하고 있습니다. 죽음은 그것이 갖는 두려운 압력으로 인해 한 가지 의무를 갖고 있습니다. 우리들이 그 죽음을 뛰어 넘어 보다 수확이 많은 삶을 살아가도록 우리들로 하여금 삶의 심오한 깊은 곳까지 내려갈 수 있도록 해야 할 임무를 가지고 있습니다. 나는 일찍이 이런 경험을 얻었으며 그런 경험은 나로 하여금 괴롭지만 다음과 같은 사실을 다시 믿도록 했습니다. 즉 이 세상에서의 삶은 우리에게 한 번만 주어진 것이며, 우리가 원하지 않은 것인데도 강요된 것이다. 우리들은 우리에게 일어나는 모든 것을 변화시켜서 삶과 새롭게 가까워져야 하며 그것을 믿어야만 한다. 삶을 이해하고 죽음을 없애려면 우리는 도대체 어디로 몸을 돌려야 하겠습니까? 그리고 신에 의해 우리에게 주어진 것을 찬미해야 할 의무를 우리가 어떻게 피할 수 있겠습니까?

만일 내가 당신의 즐겁고 활기에 찬 말들을 이런 의미로 이해한다면, 나는 그 속에서 당신을 완전히 알게 되는 즐거움을 갖게 되는 것입니다. 나는 이미 오래 전에 당신이 그런 놀라운 발전을 이루리라는 사실을 알고 있었습니다. 그런데 정말로 그런 놀라운 발전이 나타났습니다. 이제야 나는 자랑과 만족감을 갖습니다. 당신이 예전에 보냈던 편지들 속에서 이미 나는 당신이라는 사람을 옳게 알아보았다는 자랑입니다.

당신이 이제 오랜 세월의 어린 시절과 젊음을 통해서 고향처럼 된 곳에서 새롭게 살아갈 수 있는 땅을 찾을 수 있다는 사실, 그리고 그 땅 위에서 의무감으로 자기가 원했던 일을 하게 되면서 다시 행복을 느낀다는 사실, 일상 생활의 따뜻함으로 숨쉬는 생명감을 느낄 수 있다는 사실은 대단한 것입니다. 그리고 앞으로도 모든 일이 변하지 않고 그대로 계속되기를 친구로서 바랄 수 있다는 것도 대단한 일입니다. 앞으로도 그렇게 계속될 것임에 틀림없습니다. 당신의 젊음과 순수한 의지로, 당신이 그토록 용감하게 시작한 그 길의 자연스러움이 그것을 보장하고 있습니다. 그런 극복이야말로 가장 아름답고 영광스러운 용기였기 때문입니다. 그리고 당신은 이미 당신의 내부에서 보답받고 있다는 사실도 알고 계십니다.

당신의 이야기를 통해서 나도 공감할 수 있었으므로, 이제 나의 영혼을 통해서 그것을 되돌려 드림으로써 거기에 보답하려고 합니다. 당신에게 모든 것을 주며 또 당신에게서 모든 것을 받을 수 있다는 것이 얼마나 즐거운 일인지 모르겠습니다.

나의 일은 여전히 부진합니다. 작년에 덮인 흙더미에서 나의 새로운 싹과 잎이 돋아나지 못하는 것은 오로지 나의 잘못입니다. 어디에선가 싹이 돋아나기는 하겠지만 겉에는 여전히 쓰레기와 황무지뿐입니다. 나는 어디에서라도 당장 다시 시작해야만 하겠는데 그렇게 되지를 않습니다. 내가 지금 그런 사실을 알고 있으면서도 독특한 도움을 바란다고 해서 까다롭게 구는 것은 아닐 것입니다. 나는 조그맣고 낡은 정원이 있었으면 합니다. 그런 곳이라면 자연과 또 과거의 소리를 내는 몇 가지 사물들과 더불어 숨어 있을 수가 있을 것입니다. 그런 도움이 없이는 나의 내부에 숨어 있는 자연에서 나타나게 될 영감도 솟아나지 않을 것이며, 또 그 속에서 새로운 샘물이 솟아나지도 않을 것입니다. 당신의 오빠이신 바니와는 그런 필요성에 대해 가끔 서로 이야기를 나누었습니다. 그가 나를 진심으로 이해하고 있는 것에 놀랐습니다.

안녕히 계십시오. 여건이 허락할 때까지 나는 이곳 스위스에 있겠습니다. 다시 편지 주십시오. 지금의 주소로 하시면 됩니다.

릴케

# 베르타 프람에게

**1925년 12월 9일** 스위스 뮈조트 성에서

존경하는 부인, 부인의 편지가 방금 도착했습니다. 편지를 주어서 고맙습니다. 특별한 권리나 기쁨은 사람들이 생각하듯이 그렇게 쉽게 얻어지는 것이 아닙니다. 우리가 그 기쁨을 받아들일 능력이 부족하기 때문에, 혼란한 시대에는 이미 변질되었을지도 모르는 인간과 인간 사이의 부정확성이 점점 커지기 때문입니다. 결국 받아들이는 사람의 경우에 따라서, 받아들이는 능력이 더 큰 절실한 변화를 요구하기 때문입니다.

나의 몇 권의 책이 고향을 다시 찾은 어려운 처지에 있는 한 사람에게 즐거움을 줄 수 있었다는 사실은, 부인의 아드님을 위해서나 그분을 위해서 그 책이 갖는 의의 이상으로 훨씬 다행스런 일입니다.

그분은 그 책들을 거부하고 자기 속으로만 가라앉을 수도 있었을 일이 아닌가요. 그러나 그분은 자기 마음속에서 승리를 확신했고, 어렵고 소중한 승리를 얻게 되었습니다. 승리라는 것은 의문과 고통의 삶을 극복하고 순수함을 긍정해 나가는 것이 아닐까요? 그것이 바로 승리가 아니고 무엇이겠습니까? 그것은 확실한 성과를 위해서 그 싸움을 도와준 그 사람과 부인, 그분의 어머니, 형에게 보답을 해줄 것입니다. 그 사람의 마음과 영혼의 순결한 접촉이 구원을 받은 것 같으므로 그 사람의 모든 관계의 기준은 이제 독특하면서도 개인적인 것이 될 것입니다. 어느 순간에 가서는 일반적이고도 손쉬운 방법으로 살아가는 사람들을 훨씬 능가하게 될 것입니다. 여러분들에게, 특히 그 환자에게 쓰는 이 몇 줄의 편지는 그분의 경험을 반복하는 것에 지나지 않을 것입니다.

그분과 부인에게 안부를 보냅니다. 우선 한두 권이라도 책을 보내드리고 싶지만 너무나 바쁜 나머지 그 책들이 이곳에 있는지 찾아볼 겨를조차 없었습니다. 우선 이 편지라도 빠른 시간 내에 부인에게 도착되기를 바랍니다.

R.M.R

# 게르트루트 이솔트에게

**1905년 7월** 베를린에서

……나의 이야기는 별로 하고 싶지 않군요. 나의 마음속에는 아련한 소리와 파도와 같은 어떤 움직임이 있다오.

정원을 갖고 싶소. 당신에게 꽃과 과일을 보내고 싶어서요. 그리고 내가 부자라면 당신께 나의 애완견을 보내드려서 그 개가 당신을 쳐다보며 당신 곁에 있게 하고 싶소.

그러나 나는 가난하니 어쩌겠소.

안녕!

라이너

# 시조 백작 부인에게

**1923년 1월 8일** 현현절(顯現節, 동방박사가 아기 예수를 축복한 날) 스위스 뮈조트 성에서

경애하는 백작 부인, 며칠 전에 지난 여름에 보내 주신 부인의 정겨운 편지를 다시 읽어 보았습니다. 내가 무엇 때문에 부인의 그 친절하신 편지에 대해 이토록 오랫동안 답장을 하지 못했을까 하는 이상한 생각이 들더군요. 그러면서도 그 즉시 편지를 쓰지는 않았습니다. 작품이나 편지나 그 무엇이든 쓸 때는 다 마찬가지지만, 쓰고 나면 나의 펜은 언제나 억지로라도 휴식을 취하려고 하는 것 같습니다.

그리고 내 자신도 마찬가지입니다. 일을 하고 나면 매번 곤혹감이 뒤따르곤 합니다. 텅 빈 것은 아니지만 자신이 가지고 있던 힘들이 변하고 사라져 버려서, 내 자신이 그 힘을 쓰려고 하면 즉시 없어져

버립니다. 그리고 마음의 다른 힘에 대해서는 살펴볼 엄두도 나지 않습니다. 그리하여 무엇을 하고 싶어하는지조차 모르게 됩니다. 일종의 망설임의 시기며 서서히 자기를 돌아보는 시기입니다. 그럴 때는 내 자신하고 이야기하는 것조차 싫어합니다. 그러나 내가 말하는 그런 긴장이나 강박감이 없으면 어떻게 되겠습니까? 예전 같으면 그런 순간에는 내게 어떤 외적인 변화가 찾아왔었습니다. 그런 외적 변화는 휴식과 마찬가지로 새로운 시작을 위해서는 대단한 도움이 되었습니다. 아마 이번에도 그런 외적인 변화가 올지 모릅니다. 그래서 뮈조트 성을 떠날 결심을 했었습니다. 다시 파리로 이주하고도 싶고, 내게는 아직 낯선 우리 가문의 고향인 케른텐을 방문해서 머무를 수 있는지 한 번 알아보고도 싶었습니다.

내 생각으로는 14세기쯤의 것으로 여겨지는데, 저희 가문의 문장들이 최근 크라겐후르트에 있는 종가(宗家)에서 다시 발견됐다고 합니다. 내가 우리 가문의 마지막 자손이라서가 아니라, 우리가 전설처럼 떠나온 그곳에서 당분간만이라도 머무르는 것이 가능할까 해서 그랬습니다.

그러나 그렇게 하기에는 여러 가지 어려운 일이 있어서 한 해 겨울을 뮈조트 성에서 다시 보내기로 했으며 이곳 생활이 보다 풍성한 열매를 맺게 되기를 바라고 있습니다. 나는 즉시 여러 가지 번역을 시작했습니다. 모르긴 해도 앞으로 조용한 몇 달 동안은 그 일로 바쁘게 될 듯하며, 건강만 허락되면 틀림없이 진전이 있을 것입니다. 나의 건강은 언제든 작업기간이 끝나면 악화되기 일쑤이기 때문입니다.

이제 나의 얘기는 전부 한 셈입니다. 경애하는 백작 부인, 그런데 부인의 지난번 편지는 너무나 직접적이고도 예기치 않았던 슬픈 소식이었기에 무슨 말을 해야 할지 모르겠습니다(1922년 부다페스트에서 시조 부인의 어머니가 작고한 소식). 그러나 그것이 너무나 절실한 아픔이었기에 오랫동안 입을 다물고 있다가 이제서야 다시 이야기를 꺼내게 되었던 것입니다. 그렇게 함으로써 내가 보내는 따뜻한 위로의 말이 어떤 막연한 데서 나온 것이 아니라, 당신이 아주 자연스럽게 느끼게 되도록 말입니다. 그렇게 되면 부인은 그런 위로의 말을 해주는 사람이 누구이며, 지금 어떤 상태에 있는지를 더욱 잘 느끼게 될 것입니다. 말로…… 그것이 위로될 수가 있겠습니까? 나는 확신할 수가 없습니다. 나는 부인이 겪은 것과 같은 그런 갑작스럽고도 크나큰 슬픔에 대해서 위로를 받을 수 있다거나 또 그렇게 돼야 한다고는 믿을 수 없습니다.

"위안을 받을 자에게 저주가 있을지어다"와 비슷한 말을 용감한 마리 레누르(프랑스의 여류 작가)가 말한 적이 있습니다. 위로라는 것이 따지고 보면 마음을 잃어버리는 것의 한 형태이며, 그 깊은 곳에는 경솔감과 무의미함이 자리하고 있는지도 모릅니다. 시간이란 것조차 그렇습니다. 사람들이 겉으로 말하듯이 시간은 절대로 위로를 해주지 않습니다. 시간은 기껏해야 정리를 해줄 뿐이며 질서를 줄

뿐입니다. 그리고 시간이 조절하고 있는 질서라는 것은, 우리들이 뒷날에 가서는 너무나 소홀히 대할 부드러운 질서가 우리들을 슬프게 하지 않는다는 이유만으로 우리들을 망각이나 심약함으로 이끌어 갑니다. 그러나 그런 슬픔에 대해 위로를 받지 않으려 하는 것이 우리들의 본능일지도 모릅니다. 그리고 그것은 그 슬픔이 갖는 독특함과 영향력을 우리 삶의 테두리 안에서 경험하고 싶다는 우리 모두의 고통스런 호기심임에 틀림없을 것입니다. 그렇습니다. 우리들은 그 슬픔의 의미와 어려움으로 우리들의 내적 세계를 풍부히 하기 위해서 어느 정도 욕심을 부려야만 할 것입니다. 그런 슬픔이란 우리에게 절실하게 닥쳐올수록, 우리들이 잃어버렸던 것 중에서 새롭고 독특하며 영원한 것을 자기의 재산으로 받아들일 의무가 있는 것입니다. 그렇게 함으로써 슬픔에 달라붙은 그 모든 부정적인 것과 또 슬픔의 일부라도 없애 주는 굳어진 부드러움을 그 자리에서 극복하게 됩니다. 그런 슬픔이야말로 가장 힘차고 내적으로 작용하는 괴로움이며 우리들이 노력해 볼 가치가 있는 슬픔입니다.

나는 기독교에서 말하는 미래의 세계를 좋아하지는 않습니다. 나는 개념으로부터 점점 멀어져 가고 있습니다. 그렇다고 해서 이해해 보려는 생각이 없었던 것은 아닙니다. 물론 그 주장은 모든 종교적인 다른 이론들처럼 그 나름대로의 권리와 견해가 있을지도 모릅니다. 그러나 내 생각으로 그런 주장들은 우리들로 하여금 이미 사라져 간 사람들에게 가까이하지 못하게 할 위험성이 있을 뿐만 아니라, 자칫

하면 우리들로 하여금 이 세상에서 떠나고 싶다는 마음을 갖게 하여 다음 세상도 이 세상도 아닌 상태에 빠지게 할지도 모릅니다. 우리가 이 땅에 사는 한은 당분간 나무나 꽃이나 대지와도 가까이 지내면서 순수한 의미로 지내야 하지 않을까요! 그렇습니다. 그러면서도 항상 만들어 가야만 합니다. 이미 죽어서 사라졌던 것도 나의 마음속으로 녹아 들어왔습니다. 내가 사라져 간 사람을 찾을 때마다 그 사람은 나의 내부 속에서 독특하고 이상한 모습으로 나타나곤 합니다. 그리고 그 사람이 아직도 나의 마음속에 남아 있다는 생각으로도 가슴이 너무나 벅찹니다. 나는 온 정열을 다 바쳐서 내 마음속에 있는 그 사람의 존재를 보다 깊게 하고 영광스럽게 하려고 애씁니다. 그럴 때는 사라졌던 사람이 우세를 차지하게 됩니다. 그렇지 않으면 슬픔이 나의 마음을 덮쳐서 폐허로 만들지도 모릅니다. 내가 어린 시절에 어려움을 당했을 때 아버지를 사랑했던 기억이 나는군요. 어린 시절에는 생각이 자주 뒤엉켜서 아버지가 언젠가는 여기서 떠날 것이라는 생각만으로도 가슴이 얼어붙었습니다. 나의 존재는 너무나 철저히 아버지에게 속해 있어서, 아버지가 죽는다는 것은 바로 나의 파멸을 의미했었습니다. 그러나 사랑의 존재 속에도 죽음은 너무나 깊이 숨겨져 있기 때문에 죽음은 사랑과 반대되는 것이 결코 아닙니다.

결국 죽음은 우리들이 마음속에 지니고 있는 것이 될 수도 있으며, 바로 우리의 마음속으로 숨어들 수도 있습니다. 우리들의 마음속이 아니고서는 죽음이란 사랑하는 존재가 갖는 이념과 그 끝없는 작용이 어디에 살 수가 있겠습니까? 그리고 그 비밀스런 작용이 우리들의 내부보다 더 완전한 곳을 찾을 수가 있겠습니까? 그 작용이 우리들 자신의 목소리와 일치될 때보다 우리가 그 소리를 더 잘 들을 수가 있을까요? 마치 우리들의 마음이 새로운 말과 새 가곡과 힘을 배우듯 말입니다.

나는 모든 현대적인 종교가 신자들에게 죽음을 참아 가며 죽음과 화해를 하여 죽음이 주는 공포를 이해시키기보다는 오히려 죽음의 겉치레나 위로만을 앞세우기 때문에 종교를 비난합니다. 죽음이 주는 공포는 너무나 무시무시하기 때문에 그것은 거대하고 순수하게 부드러움의 끝과 맞닿아 있습니다. 거기에 비하면 모든 위안이라는 것은 얼마나 애매합니까! 비록 봄날에라도 그런 부드러움은 느끼지도 못했을 것입니다.

이런 심오한 부드러움을 경험하기 위해서는 우리들의 삶이 갖는 모든 관계를 점차로 이해하여 투명하게 만들 수 있어야만 합니다. 인류는 지금까지 그렇게 풍요롭고도 건전한 부드러움을 경험하기 위해서 한 발자국도 내딛지 못했습니다. 그러나 그 신비는 지금은 우리에게서 완전히 사라진 태초의 인류만은 예외였습니다. 나는 확신하고 있습니다. 그들이 전하는 비밀의 내용도 바로 죽음이란 단어를 부정적으로 읽지 않도록 하는 열쇠를 전달하는 것입니다. 마치 달〔月〕처럼 우리들의 삶도 언제나 우리 눈에 보이지 않는 다른 면을 가지고 있습니다. 그 부분은 결코 삶의 반대 부분이 아니라 전체를 보충하는 부분이며 완성된 존재의 일부입니다.

우리들의 힘이 죽음이란 경험을 참기에 부족하다고 해서 두려워해서는 안 됩니다. 죽음을 가장 가까운 것으로 여기든 가장 무서운 것으로 여기든 죽음은 결코 우리들의 힘을 능가하는 것이 아닙니다. 죽음은 그릇의 가장자리에 있는 마지막 선(線)입니다. 우리가 그 선에 도달하기만 하면 우리들은 가득 찹니다. 가득 찬다는 것은 바로 어렵다는 뜻이며 전부라는 뜻입니다. 죽음을 사랑해야 한다고 말하려 하는 것은 아닙니다. 그러나 우리들은 계산이나 선택을 하지 말고 삶을 관대하게 받아들여야 합니다. 그렇게 함으로써 삶의 반대편에 놓인 죽음과도 하나가 되며 그것을 사랑할 수 있게 됩니다. 그러나 끝도 없고 구분도 할 수 없는 사랑의 거대한 움직임 속에서는 실제 어떤 일이 벌어지고 있습니까! 언제나 우리들은 죽음을 갑자기 의식하기 때문에 그것은 점점 우리에게 낯선 것이 되고, 또 우리가 그것을 낯선 것으로 취급했으므로 적(敵)이 되었던 것입니다.

우리에게는 죽음이 삶보다 훨씬 더 가까운 것은 아닐까요. 우리들이 그것에 대해 아는 것이 무엇입니까? 우리들의 노력은 죽음과 삶의 통일을 전제로 하는 일에 바쳐져야 합니다. 우리가 죽음과 대립되어 있다고 가정하면, 그런 생각에서는 죽음이란 문제를 절대로 해결할 수 없습니다. 내 말을 믿으십시오, 경애하는 백작 부인. 죽음은 우리들의 친구이며 그것은 우리들의 자세나 혼란 때문에 우리를 배반하는 친구는 절대로 아닙니다. 삶은 언제나 긍정과 부정을 동시에 말하지만 죽음은 원래 긍정만 합니다. 내 말을 믿어야 합니다. 죽음은 긍정만을 말합니다. 영원히 그렇습니다.

〈잠자는 나무〉를 생각해 보십시오. 그것은 정말 내 마음에 들었습니다. 그리고 다른 그림들과 그 밑에 쓴 설명문을 생각해 보십시오. 부인은 이 세상에 두 가지 면이 있다는 것을 알고 계셨고 긍정하셨습니다. 수면과 각성, 밝음과 어두움, 소리와 침묵…… 이런 온갖 대립적인 존재로 보이는 것들은 어디서나 결국 한 점으로 어우러지며, 어느 지점에 이르러서는 하나로 되어 결혼 행진곡을 부르게 됩니다. 그곳은 어디일까요? 그곳은 우리들의 마음입니다.


언제나 변함없는 릴케

**1923년 4월 12일** 뮈조트 성에서

경애하는 백작 부인, 이제는 부인이 지난주에 보낸 두 차례에 걸친 편지에 대해서 답장을 써야 할 때가 된 듯합니다.

우선 3월 10일자로 부인이 보내 주신 친절과 우의에 대해 감사드립니다. 진정으로 내 말을 믿어 주십시오. 나는 그 편지를 읽고 또 읽었습니다. 조금이나마 부인을 가까이 느끼고 싶었고 부인의 괴로운 처지를 확실히 이해하려고 했기 때문입니다.

부인의 슬픔은 바람도 미치지 못하는 구석까지 파고들 수가 있기에 그 슬픔은 무한히 깊습니다. 대부분의 사람들은 슬픔에 대한 불신 때문에 도저히 거기까지는 이르지 못합니다. 당신의 슬픔은 육체 속으로 파고들어서 슬픔의 끝을 경험할 수 있기에 진실한 것입니다. 슬픔의 한 끝은 정신적인 것으로, 거기서는 슬픔이 우리들을 압도해서 우리들은 그 슬픔을 고요함이나 휴식, 자연의 중간 휴식으로 받아들이게 됩니다. 그리고 다른 쪽으로 넘어가면 그곳에서는 슬픔이 육체적인 고통이 되어 신음 소리를 내는 어린이의 아픔처럼 됩니다. 그러면서도 자기 존재의 조화 속으로 이끌려 들어갈 수가 있다는 것은 놀라운 일이 아닙니까? 당신은 이런 근본적인 고통을 겪고 나기만 하면 다시는 치명적인 슬픔은 나타날 리가 없다는 듯이, 지금 겪고 있는 슬픔을 그렇게 여기고 있습니다. 나는 가끔 내 자신과 이야기하곤 합니다. 그런 것은 일종의 충동이며 순교자의 성스러운 지혜라고 말입니다. 순교자들은 크나큰 슬픔을 극복하기 위해 자그마한 슬픔을 스스로 요구합니다. 슬픔은 육체적이거나 정신적인 것을 막론하고 크고 작은 통 속에 넣어져서 삶의 구석구석까지 골고루 퍼져 있다가 어느 순간 한 군데로 합쳐지기도 합니다. 이러한 모든 슬픔의 가능성을 한꺼번에 불러내어 슬픔을 극복한 뒤에 무엇으로도 깰 수 없는 행복만이 남게 하려는 것입니다.

당신이 겪는 슬픔의 그림자는 이제 당신 뒤에 놓여 있지만, 그것은 극복해야 할 하나의 과제입니다. 그렇습니다. 우리는 우리에게 닥쳐오는 온갖 슬픔을 자기 것으로 만들어야만 합니다. 인류의 어머니가 우리들을 저버리게 되면 모든 보호도 사라지기 때문입니다. 그렇게 되면 무감각만이 살아남게 됩니다. 그러나 당신도 이미 느끼고 계시겠지만 그런 무감각 대신 이제는 보다 큰 힘이 당신에게 다가왔습니다. 당신이 지금까지 느끼고 있었을지도 모르는 부드러움이 당신의 내부에서 꽃을 피우고, 점차 자신의 것으로 만들어 스스로 온몸에 나눌 수가 있게 되었습니다.

나는 여러 번 말한 적이 있습니다. 나의 일생과 작업을 통해서, 나는 어디서나 옛날부터 내려오는 우리들의 억압을 바꾸려고 노력해왔습니다. 알고 보면 그런 억압은 우리들이 전체로서 무한히 살 수 있게 하는 삶의 신비를 빼앗아 가고, 그 신비로부터 우리들을 점점 더 떼어놓습니다. 공포는 인간을 놀라게 했고 질식시켰습니다. 그러나 도대체 공포의 가면을 쓰지 않은 달콤함이 어디에 있단 말입니까? 두려움은 어디에나 있는 법입니다. 사실 삶 자체도 결국 무서운 것이 아닐까요? 우리들이 삶의 무서움을 적으로 부정할 것이 아니라, 그 무서움은 바로 우리들의 것이며 우리들의 마음으로는 이해할 수 없는 것이라는 믿음을 갖고 그 무서운 공포를 긍정하는 한, 우리는 행복을 가질 수 있다는 느낌을 가지게 됩니다. 그렇지 않다면 우리가 거기서 어떻게 살아 남을 수 있겠습니까? 그러나 삶이 가지고 있는 그런 무서움을 강하게 부정하는 사람은 결국 변두리로 쫓겨났다가 어떤 결정적인 시기가 되면 산 사람도, 죽은 사람도 될 수가 없게 됩니다.

무서움과 행복은 신의 머리에 달린 두 개의 얼굴입니다. 나는 이 두 얼굴이 같다는 것을 증명하려고 합니다. 두 개가 모여서 하나로 된 이 얼굴은 우리가 그것을 받아들이는 시각에 따라서 모양이 달라집니다. 이것이 바로 내가 쓴 두 권의 시집의 근본 이념이며 사상입니다. 그 중의 하나인 『오르페우스에게 드리는 소네트』는 이미 부인께서도 갖고 계실 것입니다.

마침 부활절을 맞이하여 찾아오는 친구가 있기에 나는 그 시를 낭송했습니다. 읽을 때마다 조금씩만 설명을 해줘도 시를 이해하는 데 큰 도움이 된다는 것을 알았습니다. 그러자면 직접 낭송해 봐야 합니다. 나는 그 시를 읽으면서 부인을 생각했습니다. 책을 한 장 한 장 넘기면서 당신과 함께 읽고 싶었습니다. 시 한 편 한 편이 지닌 강도를 당신에게 심어 주고 싶었기 때문입니다. 이제 나는 알게 되었습니다. 비록 몇 군데는 말로 표현할 수 없는 신비에 싸여 있지만, 그래도 불분명한 시는 하나도 없다는 사실입니다.

전에도 한 번 부인에게 이야기했는지 모르겠습니다. 『오르페우스에게 드리는 소네트』는 미리부터 계획하거나 기대하고 있었던 작품은 아니었습니다. 그 시들은 대부분 하룻동안에 쓰여졌습니다. 그래서 그 책의 일부는 약 3일 동안 이루어진 셈입니다. 작년 2월이었습니다. 그때 나는 다른 시, 『두이노의 비가』를 쓰느라고 온 정신을 집중하고 있던 때였습니다. 그러다가 나는 내적인 충동에서 울려 나오는 목소리를 순수하고 고분고분하게 받아쓰지 않을 수가 없었습니다. 정말로 예기치 않았던 충동이었습니다. 쓰면서 이 시구들이 베라 크누프의 모습과 어떤 관계가 있다는 사실을 점차 알게 되었던 것입니다. 열여덟 살 아니면 열아홉 살에 죽은 아가씨였습니다. 그녀가 어린아이였을 때 몇 번 보았을 뿐, 별로 자세히 알고 지냈던 아가씨는 아니었습니다. 미처 정리도 하기 전에, 시들은 점차 베라의 모습을 닮아 갔고 그녀와 얘기를 나누었으며 그녀를 부르고 있었습니다.

그 예쁜 처녀는 그 당시 겨우 춤을 추기 시작했던 때였는데, 그녀의 몸놀림과 타고난 소질은 모든 사람의 눈길을 끌었습니다. 그런데 그녀의 어머니는 그애가 이제는 더 이상 춤을 출 수가 없게 될지도 모른다고 설명했습니다. 그때는 바로 그녀가 사춘기를 넘어가는 시기였습니다. 그녀의 몸은 점점 이상해졌습니다. 이상하게 무겁고 딱딱하게 되었던 것입니다. 그렇다고 해서 아름답고 동양적인 모습이 아주 없어진 것은 아니었습니다. 그녀는 그때 이미 허약한 체질에 병이 들어 있었습니다. 그 당시 그녀는 음악에 온몸을 바치고 있었는데 결국 마지막엔 그림만 그렸습니다.

나는 그녀의 아버지를 알고 있었습니다. 게르하르트 오크마 크누프 씨로서, 생애의 대부분을 모스크바에 있는 크누프 가(家)의 방직 공장 기술자로 보낸 분입니다. 심장병을 앓았는데 그 병세가 너무나 이상스러워 의사들에게도 수수께끼였습니다. 병 때문에 결국은 일에서 손을 떼고 부인과 두 딸을 데리고 독일로 돌아오지 않을 수가 없었던 것입니다. 그의 막내딸이 바로 베라였습니다.

그후로 그 사람은 시간을 내어 책을 몇 권 만들었으나 알려지지는 않았습니다. 그 겸손한 남자의 독특한 경험은 아무리 설명해도 부족할 정도입니다. 심장병으로 인한 그의 죽음은 말로 다 할 수 없는 그의 영혼의 깨끗함 속에서 이루어진, 이 세상에서의 남김 없는 해결이었습니다. 그는 영원에 대해 깊이 바라볼 수 있었으며 또 그것을 알면서 죽었습니다. 그의 마지막 숨결은 그가 불러온 천사들의 날개에 실려서 하늘로 올라갔습니다. 나 역시 그 사람에 대해서 아는 바가 별로 없습니다. 파리에 살 때 그가 단 한 번 나를 찾아왔었는데 그 이후로는 서로 사귀어볼 기회가 없었습니다. 그러나 우리들 사이에는 처음부터 본능적인 믿음이 있었으며, 무엇으로도 증명할 수 없는 서로의 즐거움이 있었습니다. 그런 즐거움은 커다란 생각으로 같은 물줄기를 이루었습니다. 이제 그 생각이 나로 하여금 그 젊은 베라에게 묘비명을 세워 주도록 했습니다.

소네트 한 편 한 편에 대해서 내가 해설을 한다면, 그것은 지나친 일이 될 겁니다. 다만 당신이 그 시들을 올바르게 읽도록 하기 위해서 시범적으로 약간 암시를 주고 싶었던 것입니다. 그 시를 읽으면 많은 것이 시 속에서 저절로 나와서 당신과 함께할 것이며, 당신도 읽는 동안에 스스로 그것을 느끼게 될 것입니다.

……부활절에 나는 음악을 들었습니다. 그 얘기도 해야겠습니다. 정말로 훌륭한 음악이었습니다. 음악을 별로 듣지 않는 나에게는 하나의 사건이라고 해야 할 것입니다. 나의 스위스 인 친구 하나가 아주 젊은 여류 바이올리스트와 함께 왔었습니다. 그녀는 이미 그 분야에서 가장 훌륭하고 특출한 여자라는 것을 알 수가 있었습니다. 그녀는 3일 동안 바흐의 작품만 연주했습니다. 바이올린이 가진 안정감은 뭐라 표현할 수가 없었습니다. 너무나 훌륭한 음악이었습니다.

그 젊은 음악가는 알마 모디라는 여자였는데, 내가 듣기로는 다음 번에 루마니아로 연주 여행을 간다고 합니다. 만일 그녀가 헝가리에 들러 페스트에서 연주하거든 들어 보도록 하십시오.

변함 없는 우리로서

당신의 릴케

**1923년 9월 17일 스위스 비어발트수테터 호반의 요양소에서**

친애하는 부인, 부인은 이제 다시 고향으로 돌아가서 풍요로운 초가을의 환영을 받으셨겠죠. 내가 부인을 얼마나 생각했는지 모를 겁니다. 그리고 부인의 여행이 즐겁기를 기원했습니다. 부인은 다시 어린 시절의 집과 만나게 되었으니 나도 그 기분을 충분히 알 것 같습니다. 그리고 할 수 있다면 함께 축하라도 하고 싶습니다. 어떻습니까? 옛집과의 만남으로 수확이 많고 즐거우셨습니까? 그렇지 않으면 부인이 실제로 겪는 경험 속에는 생각과 달리 어떤 놀라움이 섞여 있는 것은 아닙니까? 부인이 맛보고 있는 그런 일을 나는 얼마나 부러워하고 있는지 모릅니다. 과거와 현재가 연결될 때 어떤 결과가 나올지 모르기 때문입니다. 나의 유년 시절은 육군소년학교에서 완전히 실패하지 않았더라도 세를 든 집에서 흘러가 버렸을 겁니다. 물론 옛날부터 전해 오는 유산과 같은 것이 전혀 없는 것은 아니었지만, 내 어린 시절의 기억과 신비함을 주는 그런 것들은 거의 남아 있지 않습니다. 있다면 지난 1880년대의 그 무미 건조하고 실속 없는 물건들뿐입니다. 그런 사정이고 보니 나는 마음속으로 부인의 귀향길에 함께 프라하까지 갈 수는 없을까 생각했습니다.

나의 고향이기도 한 프라하는 어린 소년이었던 내게는 힘겹고 잘 알지도 못하는 집이었습니다. 모든 것이 그랬습니다. 가정이 그랬고,

피곤에 지쳐 거의 죽어 가는 식구들 모두가 그랬습니다. 나는 젊은이로서 시원치도 못한 수단과 미약한 힘으로 모든 것에 대해 저항해야만 했었습니다. 모든 것에 대해서 말입니다. 그 무엇과도 비할 수 없이 사랑하는 아버지까지도 내게는 낯선 분처럼 느껴졌습니다.

나는 그런 시절을 살아왔습니다. 그때는 부모들이 아이들을 마음대로 부렸고, 부모들이 다 살아 본 뒤에 제일 좋겠다고 생각하는 그런 삶을 아이들에게 강요하던 시절이었습니다. 그래서 아이들에게는 선택의 여지가 없었습니다. 나의 프라하는 그런 형편이었습니다. 그러나 부인에게는 그런 프라하의 모습 가운데서 멋진 것만 보여지기를 바랍니다. 훌륭한 것, 즐거운 인상, 아름다운 만남만이 부인에게 주어졌으면 합니다.

부인은 이제 자기 자신의 것으로 돌아가 있습니다. 꽃과 나무들, 책들 속으로 돌아가서 지금은 아마도 벽난로 옆에서 몸을 녹이고 계실 겁니다.

부인도 알겠지만, 나는 휴가가 갖는 자유스러움을 병의 요양 때문에 망치게 되었습니다. 얼마나 오랫동안 망설인 끝에 얻은 휴가였습니까. 그러나 오늘은 이런 따분한 얘기는 그만두겠습니다. 이런 얘기를 한들 기분 좋고 시원한 소리가 나올 리가 없습니다. 유감이지만 여기서 주말을 보내고 그라우뷘덴으로 가서 계속 요양할 예정입니다. 그리고는 밀란에 있는 나의 친구 살리스 남작을 찾아가서 내가 좋아하는 그의 옛 성을 다시 둘러볼 작정입니다. 그 성은 마술과 같이 아름다운 성입니다.

　이제 부인이 나의 계획을 알게 되었으니 나로서는 기분이 좋습니다. 이것이 이 시원찮은 편지의 가장 중요한 내용이니까 잘 살펴보도록 하십시오. 부인의 우의와 친절에 감사를 드립니다.


당신의 릴케

# 작가와 작품 해설

## 라이너 마리아 릴케의 생애와 작품 세계

20세기를 대표하는 독일 시인이자 소설가인 라이너 마리아 릴케는 1875년 12월 4일 보헤미아의 프라하에서 태어났다. 아버지는 철도회사에서 근무했고 어머니는 고급관리 집안 태생이다. 릴케의 어머니는 태어나자마자 죽은 딸을 못 잊어 릴케가 5세 때까지 여자아이처럼 키웠다. 여자옷을 입히고 남자 아이들과 어울리는 것조차 금지시켰을 뿐만 아니라 '마리아' 라는 세례명을 붙이기까지 했다. 이처럼 어머니의 잘못된 사고로 말미암아 어린 릴케는 심한 좌절감에 빠졌으며 건강도 좋지 않았다.

릴케가 9세가 되었을 때 성격이 극단적으로 달랐던 그의 부모님은 결국 이혼을 하기에 이른다.

군인이 되고자 했으나 꿈을 이루지 못했던 아버지 요제프는 1886년 아들을 장크트펠텐의 육군실과학교에 입학시켰다. 릴케는 1890년 장크트펠텐의 육군실과학교를 마치고 메리시 바이스키르헨의 육군고등실과학교에 입학하였다. 그러나 시적 감성이 풍부한데다 병약했던 그는 군사학교에 적응하지 못하고 1891년 신병을 이유로 중퇴했다. 그해 9월 린츠고등상업학교에 입학하였으나 이듬해 연애사건을 일으켜 학교를 그만두게 되었다. 그 뒤 변호사인 백부의 도움으로 개인교수를 받으며 고등학교 졸업자격을 취득했다.

20세 때인 1895년 프라하대학 문학부에 입학하여 문학수업을 하였고, 뮌헨으로 옮겨간 이듬해인 1897년에는 니체의 약혼녀인 루 안드레아스 살로메를 알게 되어 그녀의 영향을 받게 된다. 릴케보다 14세 연상이었던 살로메는 시대를 앞서가는 여인으로서, 릴케가 외부 세계와 접촉을 하는 데 있어서 참다운 안내자 역할을 해주었다. 특히 1899년과 1900년 2회에 걸쳐 살로메와 함께 러시아를 여행한 것이 시인으로서의 릴케에게 새로운 전기를 마련해주었다. 또한 러시아 여행중 톨스토이, 파스테르나크 등과의 만남은 메말랐던 릴케의 정서에 변화를 주었다.

1900년 8월 말 두 번째의 러시아 여행에서 돌아온 뒤 북부 독일의 브레멘에서 가까운 곳에 있는 화가인 친구를 찾아갔다가 여류조각가 C.베스토프를 알게 되었고, 이듬해 두 사람은 결혼하였다.

1902년 8월, 파리로 건너간 릴케는 조각가 로댕의 비서가 되어 한

집에 기거하면서 로댕의 예술 세계를 접하게 된 것이 그의 창작활동에 커다란 영향을 주었다.

1차 세계대전 후인 1919년 6월 스위스 문학 단체의 초청으로 스위스에 갔다가 거기에 영주하게 되었다. 그리고 만년에는 셰르 근처의 산중에 있는 뮈조트의 성에서 고독한 생활을 하였다.

1926년 가을, 그를 찾아온 이집트의 여자친구를 위해 장미꽃을 꺾다가 가시에 찔린 것이 화근이 되어 패혈증으로 고생하다가 그해 12월 29일 51세를 일기로 생애를 마쳤다.

그의 유언에 따라 유해는 라롱묘지에 묻혔다.


시인으로서 릴케의 생애는 제4기로 나눌 수 있다. 제1기는 고향인 프라하에서 시인으로서 출발한 때로 『인생과 소곡』, 『가신봉패』, 『꿈의 관』, 『강림절』 등 몽상적이고 낭만적인 시집을 냈는데, 이 중 『가신봉패』, 『꿈의 관』, 『강림절』을 1913년에 '제1시집'이라는 제목으로 한데 엮어 펴냈다.

제2기는 릴케가 자신의 개성에 눈을 뜬 시기로 러시아 여행이 그의 작품에 깊은 종교성을 가미했다. 『나의 축제에』는 새로운 생의 개화와 그에 대한 불안을 노래한 것으로, 이것은 1909년에 '구시집'이라는 이름으로 증보개정되어 간행되었다. 1902년에 출간된 『형상시집』과 1905년에 출간된 『시도시집』에서는 그의 개성이 한층 더 아름답게 전개되었다.

제3기는 파리 시절로서 조각품처럼 그 자체가 독립된 하나의 우주를 형성하고 있는 사물로서의 시를 창작하려고 하였는데, 이 시기의 대표적인 작품집은 1907년, 1908년에 펴낸 『신시집』과 『신시집 별권』이다. 파리에서의 고독한 생활로 그는 인간 실존의 궁극적인 모습에 눈뜨게 되었다. 1910년에 출간된 『말테의 수기』는 이런 내적 묵상의 기록으로 로댕의 조각 기법을 적용한 것이다.

제4기는 10년이나 걸려 완성한 대작 『두이노의 비가』와 『오르페우스에게 드리는 소네트』로 대변되는 시기이다. 이 두 작품은 인간 존재의 긍정을 희구하는 예술정신의 흔적을 보여주고 있으며, 보들레르 이래 내면화의 길을 걸어온 서구시의 정점이라 일컬어지고 있다.

### 작품 줄거리 및 해설

「젊은 시인에게 보내는 편지」는 1929년에 출간된 릴케의 서한집으로, 릴케가 시인 프란츠 크사버 카프스에게 보낸 열 통 남짓의 편지를 묶은 것이고, 「아름다운 여인들에게 보내는 편지」는 릴케의 정신 세계에 영향을 주었던 여인들에게 보낸 편지를 묶은 것이다.

릴케는 시인으로 널리 알려져 있지만 사실 분량에 있어서는 서신 작품이 시 작품을 훨씬 능가하고 있다. 이 한 가지 사실만으로도 릴케의 편지들은 서한집의 역사에서 특별한 위치를 차지하고 있다는 것을 알 수 있다.

예술과 삶 사이에서 휘청거리는 한 젊은 장교에게 띄운 편지들에
는 존재의 근본문제, 신, 사랑, 죽음, 예술, 구체적인 미적 · 시적 물
음 등에 대한 릴케 자신의 사상이 펼쳐져 있다. 여기에 전개된 많은
사상들은 그의 시 작품에서 완성된 표현과 고도의 상징으로 나타난
다. 고독의 모티프——릴케는 편지 수신인에게 고독 속으로 파고들
것을 역설했다——는 『형상시집』과 『신시집』에 등장하며, 이는 『말
테의 수기』의 전제조건이 되기도 했다. 어려운 것을 고수해야 한다
는 권고는 볼프 그라프 폰 칼크로이트를 위한 『레퀴엠』에서 질책조
의 물음으로까지 발전한다. 어린 시절의 본질에 대한 감상은 『형상
시집』과 『신시집』에서 형상화되고 있을 뿐만 아니라 후기의 주요 시
작품에도 지속적으로 나타나고 있다. 또한 신의 문제는 『기도시집』
에 표현되어 있다.

그러나 릴케의 서신들을 그의 작품과 연관지어 2차적 작품으로만
이해하는 것은 옳지 않다. 릴케가 리자 하이제에게 보낸 편지
(1919~1924)에서 "나는 구식 사람이라 편지가 가장 아름다운 교제의
수단이라 여기고 있습니다"라고 표현한 데서 알 수 있듯이 릴케의
서한들은 또 다른 기능, 즉 사회적 기능을 지니고 있는 것이다.

편지가 가지고 있는 표현방법은 릴케의 성향이나 내면의 세계관과
들어맞았다. 편지는 외로운 그에게 인간적인 대화를 가능케 했으며,
파리에서의 문학수업 시절 예술가인 그에게 습작으로서의 기능을 담

당하기도 했고, 1912년에서 1922년에 걸친 길고도 힘들었던 침묵의 기간에 마음을 다잡는 데 기여했던 것이다.

# 작가 연보

1875년        12월 4일, 보헤미아의 프라하에서 출생.

1886년(11세)  장크트펠텐의 육군실과학교에 입학.

1890년(15세)  메리시 바이스키르헨 육군고등실과학교에 입학.

1891년(16세)  신병을 이유로 메리시 바이스키르헨 육군고등실과학교 중퇴.

              9월, 린츠고등상업학교에 입학.

1892년(17세)  린츠고등상업학교 중퇴.

1894년(19세)  『삶과 노래』, 『인생과 소곡』 집필.

1895년(20세)  프라하대학 문학부에 입학하여 문학 수업.

1896년(21세)  뮌헨대학으로 학적을 옮김.

1897년(22세)  니체의 약혼녀 루 안드레아스 살로메를 알게 됨. 『꿈의 관』 집
              필.

1898년(23세)  이탈리아 여행. 『피렌체의 일기』, 『삶을 지나서』 집필.

1899년(24세)  러시아 여행. 페테르부르크에서 톨스토이를 만남. 『나의 축제
              에』 집필

1901년(26세)  여류조각가 C.베스토프와 결혼.

              12월, 딸 루트가 태어남.

1902년(27세)  파리로 가서 조각가 로댕의 비서가 됨.

              시집 『기수 크리스토프 릴케의 사랑과 죽음의 노래』, 『로댕 평

전』발표.

1910년(35세)  유일한 장편소설인 『말테의 수기』 간행.

1913년(38세)  시집 『마리아의 생애』 발간.

1915년(40세)  오스트리아와 전쟁이 발발하여 11월 국민군에 편입.

1916년(41세)  군문서관에 근무: 친구들의 도움으로 병역 면제.

7월, 뮌헨으로 돌아옴.

1923년(48세)  『두이노의 비가』, 『오르페우스에게 드리는 소네트』 간행.

1926년(51세)  패혈증에 걸려 바드몽요양소에 들어갔으나 그 해 12월 29일

사망.